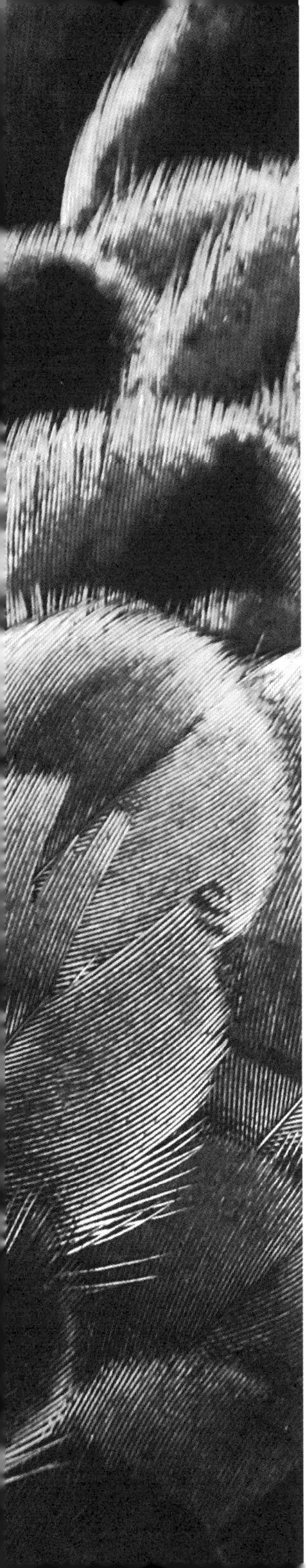

伊藤 述史 著

生と批評の宿命

——小林秀雄と福田恆存

千書房

装丁　佐藤　克裕

生と批評の宿命——小林秀雄と福田恆存

目次

第一章　小林秀雄論――批評思想の核心

第一節　観念とイデオロギーへの上昇　8
第二節　「意匠」批判の展開　14
第三節　「意匠」の弊害　30
第四節　「意匠」からの下降　40
第五節　社会と文学　50
第六節　自意識と生活経験　60
第七節　常識と実生活と芸術　66
第八節　実生活と思想　78
第九節　歴史　87
第一〇節　芸術家の自意識と批評者の自意識　100
第一一節　「見る」ことと「聴く」こと　115
第一二節　直観と分析　122
第一三節　言葉　131
第一四節　沈黙　141

第二章　福田恆存論――自己意識のゆくえ

第一節　自然主義文学・私小説と自我意識　148
第二節　新感覚派・プロレタリア文学と自我意識　172
第三節　自己意識の外部へ　180
第四節　演戯論　199
第五節　言葉と身体　212
第六節　身体としての自然　225
第七節　信仰　235

※福田恆存の作品からの引用は、すべて新漢字新かな遣いに改めた。

第一章　小林秀雄論——批評思想の核心

第一節　観念とイデオロギーへの上昇

現在において、小林秀雄をあらためて読み直すことにはどのような意味があるのだろうか。私たちは、小林秀雄の多面的な思索のなかから何を問題とすべきであろうか。たとえば小林は高山樗牛の歌、「われ世にも心よわき者なるかな」を引用して次のように言う。

僕等の裡の「心よわき者」が死んだわけでもなければ多くの人々の錯覚の如く、僕等が別して頑丈になったわけでもない。ただ、内部で依然として死なないで生き長らえている「心よわき者」を、外部に押し出すのが、どうかと思われる様な世の中になっただけである。
（「文芸月報ＸＸ」）

僕等の内部に生きている「心よわき者」なぞは出る幕ではないという、今日の時勢に乗ったいろいろな物の考え方のうちに、僕は現代特有のシニスムを嗅いでいる。（同右）

この文章は、開戦の前年である一九四〇年に書かれている。時勢はまじかにせまった戦争の直前であり、少なくとも建前のうえでは、国民感情は戦勝へ向けて精神を鼓舞していく心構えのなかにあったと思われる。けれども一人の人間の心のうちの「心よわき者」は、どのような時代と場所にあっても存在している。外部からの「がんばれよ」という声に対して、「がんばれない」、「がんばりたくない」という内部の心の叫びが存在している。そして「「心よわき者」なぞは出る幕ではないという」小林の時代診断は、現在の「自己責任」という決まり文句を想起させる。もちろん小林は、ここで「自己責任」そのものを批判的に問うているのではない。先の引用の直後に、小林は以下のように続けるのである。

僕等は今、様々な政治的事件の氾濫する直中にある。そして政治的事件というものは、その性質上僕等に必ず先ず臨機の行動を強いるものである。臨機の行動は、それに感応した観念の衣を着ざるを得ず、そうして生れたいろいろな観念の群れは、やがて或る政治的目的の下に急速に組織化され一応理屈の通ったイデオロギーの形に仕上げられ而もいろいろな形のものが出来て居並ぶ事になる。(中略)こういう勢いというものは、何か一種強力なメカニズム、傷つき易い生き物は参加出来ぬメカニズムに似て来る。(中略)こういう非情なメカニズムに似て来る様な社会の勢いのうちにいれば、肉体が外部の刺戟に自ら身を護る様に、人々の精神もその柔らかな部分は、外に出さなくなる。(同右)

「心よわき者」が強くなるためには、外部からやってくるさまざまな事象に対して鋭敏に反応し、次なる行動の指針を効率的に探し求めることになる。人に判断をせまる外部からの事象は「政治的事件」に限らないだろうが、人がそれらに対応するために、特定の「観念」を形づくっていく方向を取ることは確かである。もちろんその「観念」はその場でのたんなる思いつきから、多少ともまとまった人生観、世界観などさまざまであろう。ただここで留意しておきたいのは、小林が「心よわき者」から始めて、人が「観念の群れ」、果ては「イデオロギーの形」にまで築き上げていく「一種強力なメカニズム」に着目していることである。私たちの生はどのような動機であれ、自己の生きる環境や現実から離陸して、自己が理想とする観念の領域へと上昇していく不可避の契機をもっている。なぜなら人間は、より良き未来への指針を探求しようとする想像の力を固有に有しているからである。もちろんここで小林は、「傷つき易い生き物」、あるいは人の心の「その柔らかな部分」を、観念やイデオロギーの形態に対して批判的に対置している。けれども興味深い点は、小林の洞察では、観念やイデオロギーへと上昇していく諸契機の考察にまでその射程が及んでいることである。観念やイデオロギーへの上昇の過程は、どのような時代にあっても普遍的な課題を帯びている。

こうした思想的な構図については、かつて吉本隆明が「知識人あるいは、知識人の政治的な集団としての前衛は、幻想として情況の世界水準にどこまでも上昇してゆくことができる存在である。たとえ未明の後進社会にあっても、知識人あるいは前衛は世界認識としては現存する世界のもっとも高度な水準にまで必然的に到達すべき宿命を、いいかえれば必然的な自然過程をもっている」(「情況とはなにか Ⅰ——知識人と大衆」)と述べたことに対応している。吉本がここで問題にしているのは政治的なイデオロギーであるが、小林の言う「一種強力なメカニズム」は、吉本では「必然的な自然過程」と捉えられているわけである。いずれにせよ小林は、観念やイデオロギーの地平へと至るメカニズムについてさまざまに語っている。

確かに手元に掴んでいる不完全なものから工夫を積んで行くという苦しい道を捨てたがる。一足飛びに完全に考えようとする。考えが抽象に走るという事は、完全な考え方というものの気楽さに溺れる事に他なりませぬ。(「文学と自分」)

現実の地平で生起するさまざまな事象に対して、人びとはさまざまに解釈し判断していくが、そうであれば人びとの解釈はそのままでは相対性を免れることができない。解釈と判断の相対性を少しでも縮減しようとすれば、ある種の統一的包括的な原理あるいは原則論を築いていくことになるのは不可避である。小林は、「われわれの合理的知識の発達は、簡単に言えば、曖昧な知覚を、どういう具合に巧みに正確な概念で置き代えるかという道を進む」(「私の人生観」)とも述べたが、その「曖昧な知覚」のままで平然と過ごしていくことに人間は耐えきれない。なぜなら「曖昧な知覚」の相対性からは、一定の行動の基準が導き出せないからである。そしてひとたび行動の基準が確立されれば、それはドクマとなる傾向をもつ。小林は言う。

レアリストが、レアリスムという現実解釈の一法によって、現実から遊離する事は、苦もない事だろう。彼は、レアリスムという言葉を自己に強いているだけで、現実との接触を余儀なくされているわけではないのだから。(「感想」)

現実の地平から上昇して到達した「レアリスム」という観念は、今度はその観念の基準から現実を裁断することになる。現実の事象の帯びるさまざまな色合いは、「レアリスム」という尺度によって分類され、この尺度に適合しない事象は切り捨てられる。「レアリスム」は、ドグマとなる。小林は、政治的なイデオロギーにまではいかないとしても、こうした人間の観念の動きの「一種強力なメカニズム」の必然性に十分に自覚的であった。彼はまた、「この世に思想というものはない。人々がこれに食い入る度合だけがあるのだ」（「Xへの手紙」）とも述べている。小林が「思想」と言うとき、後に見るがその芸術理念に包括される思想という意味と、観念やイデオロギーとしての思想という意味の二通りがあるが、ここでの「思想」はもちろん後者の意味である。観念やイデオロギーとしての思想を小林は一貫して否定的に捉えているが、こうした思想へと上昇していく思惟の不可避性を、彼は人間の悲しい宿命、性とも捉えていた。「思想」に「食い入る度合」とは、知へ至ろうとする上昇の高低の意味であり、人はまた観念に「食い入」らざるを得ない。その根源には、言うまでもなく人間が言葉によって自己意識を表現し、思念を紡ぎ出していくという原事実が存在している。

観念への上昇をめぐって、言葉による表現の芸術、つまり文学については小林は次のように述べている。

　わが国の自然主義小説はブルジョワ文学というより封建主義的文学であり、（中略）わが国の私小説の傑作は個人の明瞭な顔立ちを示している。彼等が抹殺したものはこの顔立ちであった。思想の力による純化がマルクシズム文学全般の仕事の上に現れている事を誰が否定し得ようか。（「私小説論」）

作家の務めるところは文学の社会化ではない。社会性を明瞭な文学的レアリティに改変する事だ。（中略）力及ばず止むなく社会化した文学作品を制作しているうちに、自分は結構社会性を文学化しているという錯覚に落入るものだ。（「文芸時評に就いて」）

引用した文章は、二つともプロレタリア文学運動が壊滅した直後の一九三五年に書かれている。前者の引用中の「彼等」とは、マルクス主義作家たちのことである。ここで回顧的に語られているプロレタリア文学運動にあっては、輸入されたイデオロギーとしてのマルクス主義が、昭和初期の日本の文学界に強い影響を与えたことは多く論じられてきた。小林はプロレタリア文学運動を、当時の文学者たちを席巻したイデオロギーへの知的な上昇過程として捉えている。「思想の力による純化」、あるいは「文学の社会化」とは、文学のイデオロギー化、文学の政治化であるに相違ない。小林は「作家の務めるところは文学の社会化ではない」と断言することで、明確にイデオロギーへの上昇を否定してみせている。けれども繰り返すが、一方で小林は、イデオロギーへの上昇を人間の思惟の向かう必然的な過程としても捉えていたのである。このような思想の行程が、先に見た吉本の「世界認識としては現存する世界のもっとも高度な水準にまで必然的に到達すべき宿命」（「情況とはなにか　I――知識人と大衆」）と重なり合うことは見やすい。

人間の思惟の働きが、観念やイデオロギーへの上昇の傾きを不可避的にもつとすれば、その観念やイデオロギーなどもさまざまな形態を取る。小林は、どのような領域を知的な上昇過程の頂に見ていたのであろうか。次の問題は、この点にある。

第二節 「意匠」批判の展開

小林秀雄は文学者であるが、その批評思想は、文学という限定された領域に対する認識からだけ生まれてきたものではない。それは小林の根強い多面的な批判精神から、まるで噴流のように表出されてくる。まず、こうした諸相を捉えてみたい。小林は、小説について次のように述べている。

この自由な、と言うより無秩序な芸術様式において、美は、もう殆ど真面目に考えられておりませぬ。まあ、一種の調味料のようなもので、分析、観察、解釈、意見、主義、そういうものばかりが、雑然紛然とひしめき合っている。(「私の人生観」)

ここで小林は小説あるいは小説批評において、彼が否定的に退けようとしている方法をごく一般的な形で表明している。「分析、観察、解釈、意見、主義」といった語句で言い表されている方法は、とくに批評者が批評しようとする作品を自らの外部に置いて、客観的に対象化していく立場である。小林は、このような作品から距離をとって眺める方法では美を創造していくことはおろか、美を批評していくことすらできないと言う。よく論じられてきたように小林は、批評をそれ自体作品として表現することに一生を賭けた批評者であった。そのとき批評者は、また美を創造する芸術家でもなければならなかった。少なくとも小林は、理念的にはそのように捉えていた。こうした小林にとって、作品を分析や解釈することなどは批評ではあり得ない。

たとえば思想について小林は、「青年にとってはあらゆる思想が、単に己の行動の口実に過ぎず、思想というものは、いかに青年にとって、真に人間的な形態をとり難いものであるか、という事だ」(「現代文学の不安」)と嘆いている。思想が自らの体験に深く根づいたところから形成されていくのではなく、ただ外部にあるすでに体系化された思想を衣装のようにまとうあり様を、小林は難じている。小林は、借り物の思想を思想として認めない。また彼は、借り物の思想を鋭く見抜く眼力をもっていた。そしてこうした思想に対する立ち位置は、文芸批評の領域にも現れている。小林は、「作品から思想許りを血眼になってあさっている態の評論は、見た眼がどんなに痛烈にみえようが、所詮お上品な仕事だ。作者の臭いところにも痛いところにも触れはしない」(「批評家失格 I」)と述べて、山本有三の「真実一路」を批評することについて次のように語る。

「真実一路」で作者は一体どんな思想を語っているか、という問題を理論的に解こうとするのはよいが、それが成功したと信じた時、この論理的に説明された思想こそ取りも直さず「真実一路」という作品の精髄であると思い込んで了う。(中略)だが、この自惚れには、次の様な根深い偏見が隠されている。それは「真実一路」には明瞭な思想が在る筈だ、作品は思想の結果であるという考え、従って作品とは、その明瞭な思想に肉附けを施し具体化したものに過ぎないという偏見だ。(「山本有三の『真実一路』を廻って」)

ここで小林は、作品が作者の思想を表現していると考え、その思想を作品のなかに探ってい
く批評の方法を端的に退けている。小林にとってこうした批評は、先にも見たが作品を分析し
解釈しているに過ぎず、これは批評の名に値しない。言い換えれば、作品のなかから作者の思
想を対象化してこれを取り出してみせることは、批評を批評者の一つの作品として創造するこ
とにはならないわけである。作品から分析して取り出されたのは、あくまで作者の思想であっ
て、批評者固有の思想ではない。批評者固有の思想が表現されていなくては、批評はそれ自体
作品として自立することができない。

さらには、もともと作品が作者の思想を表現していると前提してかかることは可能であろう
か。この点は「真実一路」から分析されて「論理的に説明された思想」が、「「真実一路」とい
う作品の精髄であると思い込んで了う」という先の引用文の箇所とも関連している。小林は、
こうした解釈をたんなる「自惚れ」や「偏見」であると断言する。この断言は、たとえばドス
トエフスキーの『罪と罰』を論じるなかで、主人公のラスコーリニコフについて「ラスコオリ
ニコフの思想を明らかにし、彼の行為を合理的に解釈しようとする、評家達の試みは成功し
ない。(中略)作者は、主人公の行為の明らかな思想的背景という様なものを信じてはいない。
そういうものに就いて、殆ど真面目に語ってさえいない」(「『罪と罰』について Ⅱ」)とする
小林の評価にもとづいている。仮に作者がその作品において作者の思想をさまざまな文学的表
現を介して表出しているとしても、小林にとっては、こうした思想を対象化して抽出してくる

ことは一義的な問題ではなかった。ここではまだ、小林の批評思想の核心を検討する段階ではない。けれども問題なのは作者の思想のまとまりではなく、批評者が作者と作品の全体の流れ、その諧調の波にどこまで忠実にたどっていけるのかが小林の批評の生命であったことは指摘しておきたい。

小林の批評精神は、いわゆる概念や原理といった思考の装置にも向けられている。

概念的な思考が、精神の奥までとどかぬ事に気附いていた哲学者は多かったが、世界を統一的に理解しようとする哲学者の好みは、いかにも根強いものであり、悟性の能力を超えた直観の能力に赴きながら、折角の能力を、悟性の提供する様々な概念を総合する、一段高級な概念と化する。(「感想」)

小林はこの「概念」を、「あらゆる事物が演繹的に説明出来る統一原理」(同右)とも述べているが、明らかなように「概念」や「統一原理」には「直観」が肯定的に対置される。「直観」は小林の批評思想のキー・ワードの一つであるが、前節で見たように人は「直観」に安住できず、「概念」や「統一原理」の構築へ向けて上昇していく。そして今度は「概念」の頂から、混沌とした現実の地平を整序しようとする。科学技術の発展がこうした過程をたどることは言うまでもないし、これを無視し否定し去ることはできない。けれども文芸批評の方向性が問題ともなれば、事情は違ってくる。たとえば源氏物語の研究について、小林は述べている。

専門化し進歩した「源氏」研究から、私など多くの教示を得ているのだが、（中略）研究者達は、作品感受の門を、素速く潜って了えば、作品理解の為の、歴史学的社会学的心理学的等々の、しこたま抱え込んだ補助概念の整理という別の出口から出て行って了う。（「本居宣長」）

ここで言われている「作品感受の門」は、先の引用文中の「直観」と関連している。そして源氏物語の研究者たちは「作品感受の門」から離陸して「悟性」を駆使し、「歴史学的社会学的心理学的」な諸概念の案出へと進む。次にはそうした概念から、源氏物語を解釈していくことになる。小林はここでは、いわゆる文学「研究」というスタンスを否定している。なぜなら、「研究」は批評ではないからである。あるいは美の「研究」は、美の「創造」ではないからである。文学「研究」であっては、批評を作品にまで昇華することはできない。小林は、そのように訴えている。それだけではない。ある作品のもつ固有な調べ、その雄大な流れを堰き止める概念という堤防は、作品の流れの色合いをも変色させてしまう。小林が「大衆文芸という言葉が出来る以前から中里介山は存在していた」（「測鉛　Ⅱ」）と述べ、続けて「大衆文芸という言葉の発明は「大菩薩峠」を変貌させるから困るのだ」（同右）と言うのは、「大衆文芸」という概念によって作品の諧調が変色してしまうからである。彼は、批評においてこのような作用を及ぼす概念を厳しく退ける。「測鉛　Ⅱ」は一九二七年、小林が二五歳のときに書かれているが、このような小林の批評思想は生涯変わることがなかった。

思想や概念に対する批判に関連して、小林は、特定の観点や方法論にこだわることも批評の理念にそぐわないと考えていた。たとえば観点批判は、次のように言われる。

ある対象を観察するとか解釈する時は、一つの観点というものが必要で、その観点に立って観察する。だが、本当に知るためには、観点など要らないようにならなきゃ駄目ではないかな。(『学生との対話』)

批評において、観察や解釈が否定的に捉えられていることはこの節の冒頭でも見た。ここでは、事象の観察や解釈がある特定の観点、言い換えればある見解に限界づけられて行われることが批判的に語り出されている。そうであれば、特定の観点や見解に適合的でない諸々の事象は、解釈の途上でいわば例外として取り除かれることになる。それでは「本当に知る」ことにならないと、小林は言う。このような観点批判は、文芸批評にあってはどのように捉えられているのであろうか。

小説の詩的価値だとか倫理的価値だとか、社会的価値、政治的価値等々と批評家は言いたがるが、そういうものは皆小説になすり附けた価値に過ぎない。一体小説に価値をなすり附けて鑑賞するのは批評家という特殊人の癖であって、人々はもっと生ま生ましく直に小説に触っている。(「小説の問題　Ⅱ」)

明らかなように小説への「詩的」、「倫理的」、「社会的」、「政治的」等々の価値付けは、「何々的」というある特定の観点に立ったうえでの小説の解釈であり、「何々的」にもとづいたその評価である。観点批判をそのように見れば、小説を「本当に知る」とは「生ま生ましく直に小説に触っている」こと、つまり小説を鑑賞する際に、概念や観点という基準や尺度を媒介させることなく直接に作品に接することを意味しよう。そうであれば批評は、作品の全体の流れの波に批評者がそのまま身を委ねることであろう。こうした批評思想については、小林はさまざまな表現で語っているが、この点は後に論じることになる。

方法論に対する批判は、次のように言われる。

ベルグソンはその講演で、こういう説明をしています。一流の学者ほど自分の方法というものを固く信じている。それで、知らず知らずのうちに、その方法の中に入って、その方法のとりこになっているものだ。（『学生との対話』）

「自分の方法」が、自分の構築してきた概念や身につけた観点と重なっていることは見やすい。方法はまた、方法論として固有に語られるようになれば、方法が、人歩きを始めてドグマ化する危険が生じてくる。ドグマ化すれば、一定の方法も諸事象を分析していく途上で、事象の多面的な側面を気づくことなく見落としていく場合もあろう。方法や方法論に固執することに対する小林の警戒は、批評の領域にも及んでいる。

文化現象を一応客観的対象と見なし、これを分析的に研究する一定の方法を見出す、それはよい。それが学問の進歩なのである。だが、文化現象は、誰も知る如く、形ある物であるとともに形のない意味でもあるのだから、研究上の客観的な方法は、飽くまでも遠慮勝ちなものである筈なのだが、文化を論ずるものは、知らず識らずの間に、自ら使役する方法に吾が身が呑まれて了う。(「天という言葉」)

概念に対する批判において見たように、ここでも小林は学問「研究」と批評とを明確に区別している。研究とは異なり批評にあっては、「文化現象」を観察して対象化し、分析を施すことはできない。「文化現象」を学問「研究」の対象ではなく、批評の対象として捉えれば、「文化現象」とは厳密に言えば芸術上の個々別々の作品である。そうであれば作品を批評することは、現象を研究することではない。小林が批評という営為に照らして方法を批判することの本義は、この点にある。ただ念のために言えば、小林は学問「研究」の方法をたんに否定しているのではない。彼は、学問の分析的な研究が現象を客観的に捉えなければ進むことができないことを認めている。小林は要するに、学問と批評とは相互に異質な領域であって、研究は批評の肩代わりをすることはできないと語るのである。

以上のように検討してきた思想や概念、観点や方法論に対する批判は、遠く小林が、一九二九年の二七歳のときに書いた著名な評論「様々な意匠」のなかで語られた「意匠」批判の論旨とまったく同じ線上にある。小林は言う。

商品は世界を支配するとマルクス主義は語る。だが、このマルクス主義が一意匠として人間の脳中を横行する時、それは立派な商品である。そして、この変貌は、人に商品は世を支配するという平凡な事実を忘れさせる力をもつものである。(「様々なる意匠」)

当時マルクス主義が日本の思想界に圧倒的な影響を与えたことは前節でも触れたが、ここで言われている「マルクス主義」が、小林が厳しく批判してきた概念、観点、方法とぴったり重なり合うことは明らかである。「マルクス主義」は、世界を分析し、観察し、解釈する尺度となる。世界を対象化する尺度としての「マルクス主義」にあっては、当然その尺度からこぼれ落ちる人間の営みの多くがその背後に残されることになる。「商品は世界を支配するという」商品物神化論は、小林の一流の逆説によってマルクス主義そのものにも適用される。マルクス主義物神化論は、概念批判や観点批判と同じように批評のあり方を論じるにあたっても敷衍される。

嘗てマルクシズム思想小説が流行した時、人々は「私」の問題ははや作家等の問題ではなくなったと考えた。だがただそんな気がしただけだったのである。彼等は実際に私という人間の事を考えたのではない。在来の個人主義という主義に就いて考えたに過ぎない。主義を考えて、それで私という生き身を考えている積りだったのである。私に関する或る考え方を考えたのであり、自分の力で自分という人間を問題にしてみたのではない。(「島木健作の「続生活の探求」を廻って」)

ここで言われている「個人主義」も、マルクス主義と同じように概念である。「私という人間の事」、「私という生き身」は、「個人主義」という概念、観点、あるいは「私に関する或る考え方」つまり方法などの尺度で測られ、分析され、措定される。引用文中の「彼等」とはプロレタリア作家たちのことであるが、マルクス主義を信奉したプロレタリア作家たちは、ドグマ化した概念や方法に憑かれた者として小林には捉えられている。小林にとっては、「個人主義」も「マルクス主義」も同一の平面上にある。その平面は主義、イデオロギーという平面である。けれどもその平面の深層には、「「私」の問題」が蠢いている。もちろん文学や批評が対面しなければならないのは、平面の下の見えない深層である。主義やイデオロギーは、もともと個としての人間を問題にしない。それゆえに小林は、「独白から出発して、忍耐強く思想という建築を作っていく労働、そこに思想形成の人間的必然性があるがずなのだが、ある時期の、ある集団の客観的現実を反映するイデオロギイという機械的な必然性がこれに取って代ったのである」(「感想」)と述べたのである。ここで言われている「独白から出発」することが、先の引用文中の末尾の「自分の力で自分という人間を問題」にすることと対応していることはもちろんである。

付言すれば、吉本隆明は「はじめから党派的な∧思想∨など∧思想∨のうちに入れる必要はなく、ただ現実処理の技術のモザイクとみるべきだとおもいます」(「思想の基準をめぐって」)と述べたが、この吉本の発言は、小林の「ある集団の客観的現実を反映するイデオロギイ」という集団的イデオロギーに対する否定的な評価と結びついている。小林も吉本も、共同幻想としての主義やイデオロギーを退ける構えを共有している。両者とも、ほんとうの思想の出自がその人間のかけがえのない固有の体験に根元をもっていることを、文学者として身をもって知っていた。そしてその体験に、生涯固執し続けた。

さらに興味深い点は、小林の主義やイデオロギーに対する批判は、マルクス主義という古い「意匠」に対してだけ問題にされていたわけではないことである。

嘗ては、小人の説が君子の説を制する人間的な努力のうちにデモクラシイの思想が作られたが、今日では、この思想は、もうその内的な動機を紛失して、誰も努力しないで考えている世間の通念と化し、誰にも尤も千万な社会的イデオロギイとなって了った。つまり現代に於ける君子の説となったのである。人間は、その生活の最も切実な面に於いて、小人たる事を決して止めないという事実の、新たな徹底した認識によらなければ、この現代の君子の説のなかで死にかかっている真理を救い出す道はあるまい。（「小説」）

この文章は一九五五年に書かれているが、戦後一〇年を経て、すでにデモクラシーが形骸化してきた事態が喝破されている。その原因は小林によれば、デモクラシーが「社会的イデオロギイ」となり果てたこと、言い換えればそれが、形式化してドグマ化したたんなる主義として実際上機能しているに過ぎない点にある。たとえば「多数決」という言葉に象徴されるように、デモクラシーは多数意見の専制として現われてくる。言われている「君子の説」とは、多数者の意見のことと捉えることもできる。つまり「世間の通念」、社会的な共同幻想へのデモクラシーの変質である。これに対置されているのが「小人の説」であるが、小林はデモクラシーの本義を「小人」、つまり現実の生活過程のなかの一人の人間の生き様に求めている。ここでは「小人」

の生き様から、デモクラシーという現在の政治理念が照射される。小林のデモクラシー批判からは、彼の政治的なもの一般に対する考え方がほの見えてくる。「生活の最も切実な面」を素通りするすべての政治理念は、硬直し内閉するイデオロギーとして難なく拒否される。

小林の批評思想を考えるとき、歴史についての捉え方、歴史観の問題もその大きな軸の一つである。歴史観について、小林は以下のように語る。

史観は、いよいよ精緻なものになる。どんなに驚くべき歴史事件も隈なく手入れの行きとどいた史観の網の目に捕えられて逃げる事は出来ない、逃げる心配はない。そういう事になると、史観さえあれば、本物の歴史は要らないと言った様な事になるのである。どの様な史観であれ、本来史観というものは、実物の歴史に推参する為の手段であり、道具である筈のものだが、この手段や道具が精緻になり万能になると、手段や道具が、当の歴史の様な顔をし出す。（「歴史と文学」）

「史観」とは、歴史に対する見方、観点である。ここでも、小林の観点批判が出ている。「史観」は、歴史の諸事象をその「史観」のもつ一定の観点、評価の基準から切り取り、秩序づける機能を果たしていくことで、歴史を抽象化する。もちろんこの抽象化の過程では、「史観」に適合しない歴史の事象は残余のものとして切り捨てられ、歴史の表舞台からは消え去る。このとき歴史の有機的な実相は、「史観」によって分類され、あたかも標本箱のなかの個体のように客観的に観察される対象となる。こうした歴史の解釈が繰り返され、「史観」そのものが意識的に論じられ取り扱われるようになると、「史観」は教条化される危険性をもつ。小林が危惧する「史観」の精緻化とは、このような事態である。「史観」が政治的党派的な権力者によって、歴史の諸事象をその党派性にとって有利に解釈するために利用されてきたことは、保守と革新の別を問わず現在でも変わらない。歴史の血の通った実相が、「史観」に取って代られる。

また小林の史観批判は、批評の根幹にも関わっている。彼は江藤淳の『漱石とその時代』を評して、次のように述べている。

漱石を、その時代と対決する人物として描き出そうとする江藤氏の方法は、潤色を嫌う点で歴史家のものだが、どんな史観からも自由である点では、やはり文学者のものだ。史観など無用有害な潤色に過ぎない。一切は、漱石の作品という一等史料がどこまで味読出来るか、という己れの力量にかかっている、この評家はそう言っているように思われた。

（「江藤淳『漱石とその時代』」）

この文章は、一九七〇年の小林が六八歳のときに書かれているが、前の引用文（「歴史と文学」）は一九四一年の三九歳のときに書かれている。小林の批評の核心には、彼が若い頃から一貫して変わらないものがある。そして小林は、文学者であれば、「史観」から自由でなければならないと言う。言い換えれば、文学者は歴史を観察して分析し、解釈する歴史社会科学者とは違うのである。そうであれば文学者つまり批評者は、夏目漱石という歴史上の一人の個性的な作家を、「史観」という媒介物を介在させることなく直接的に対峙して論じなければならない。

それが「漱石の作品という一等史料がどこまで味読出来るか」ということの意味である。もちろんこの点では、批評者と作家とその作品という三者の関係が問題となるが、ここではこうした批評をめぐる重要な論点を扱う場所ではない。ただここでは小林が、大切なのは批評とは論じようとする対象に批評者が直接に対面して、これに果てまで肉迫していくことだと主張している点を確認しておけば足りる。

以上の批評に関連しての「史観」批判は、小林が「唯物史観」と「文学」との関係について以下のように述べたこととつながっている。

歴史は元来、告白を欠いている。歴史のこの性質を極端に誇張してみせたところに唯物史観という考えが現れた。（中略）歴史から告白を悉く抹殺したという考えが通用する為には、一方、告白なら何でも引受けた文学が発達していなければならぬ。歴史はいつもそんな具合に動く。（「蘇我馬子の墓」）

ここで言われている「告白」とは、文学的な営為における「告白」であって、つまり一人の人間の自己意識がその内部のもう一人の自己と対話することである。あたりまえであるが、「史観」はこのような文学的な自己内対話に関心をもつことはない。ごく一般的に言い換えれば、歴史学という学問と文学、歴史の研究と批評とは、互いにまったく異質な人間の思惟行為なのである。学術論文と批評とは異なる、と言ってもよい。そして「告白」が、先の引用文中に見られる漱石の作品の「味読」と重なっていることは明らかであろう。作品を味わうとは、作品を自己内対話に引き込むことである。そのような思惟を表出しようとすることが批評である、と小林は語っている。

ここでとくに引用して注目しておきたいのは、小林の「史観」批判が吉本隆明による時代の思想情況に対する批判と深いところで通底していることである。まず小林は、一九四一年に次のように言う。

例えば、文化の進歩の一段階として封建時代というものがあったと考える。その時代の思想や道徳に、封建という言葉を冠せ、封建道徳、封建思想と呼びさえすれば、その時代の道徳や思想は理解し得るものと思い込む。(「歴史と文学」)

吉本は、六〇年安保闘争の終わった一九六五年に次のように語る。

∧プロレタリアート∨とか∧階級∨とかいう言葉は、すでにあまりつかわれなくなった。代わりに∧社会主義体制と資本主義体制の平和的共存∨とか∧核戦争反対∨とかいう言葉が流布されている。言葉が失われてゆく痛覚もなしにたどってゆくこの推移は、思想の風流化として古くからわが国の思想的伝統につきまとっている。(「自立の思想的拠点」)

小林の言う「封建」が、吉本の言う∧プロレタリアート∨、∧社会主義∨、∧資本主義∨という言葉に、時代を隔てて歴史を解釈する概念、観点、方法論として、さらには「史観」として重なってくる。小林も吉本と同じように、こうした言葉が、その時代に応じてたやすく流行する衣装のように変遷していくことに自覚的である。さらに小林の言う「道徳」や「思想」は、吉本の〈階級〉、〈体制〉といった言葉に対応しており、これらの言葉のうえに「封建」や〈プロレタリアート〉、〈社会主義〉、〈資本主義〉という形容句をもってくれば、その歴史的時代は一定の「史観」のなかへと抽象化される。抽象化された歴史的時代は、その時代の人びとの意識のなかで特権的に振る舞う。小林も吉本も、こうした歴史的な方法が、日本の社会科学的な思想風土を規定していることに気づいている。時代によって短期間で変化する形容句としての流行する衣装は、かつて若き日の小林が批判的に論じた「意匠」である。吉本もまた、小林の「意匠」批判を共有しているのである。

第三節　「意匠」の弊害

小林秀雄の「意匠」批判は、「意匠」の弊害、その必然的な限界性にも言及している。人がさまざまな「意匠」をまとって議論していくことから現われてくるいくつかの混乱が、論点に応じて指摘されている。たとえば「思想」について小林は、アンドレ・ジイドを引用しながら次のように語っている。

ジイドが彼の「ドストエフスキイ論」のなかで次の様に書いている。「ここにどう考えても思想家にとって厄介極まる事がある。それは、彼の思想が絶対的なものであるという事は先ずない事だ。殆ど常にこれを語る個性に相対的なものだという事だ。（中略）個性に相対的であるばかりではなく、個性の生活の一定の瞬間に相対的なのだ。言わば思想というものは個性の或る特殊な状態から得られる。思想というものは、思想が強いる処の、かくかくの事実、かくかくの姿態に、直接に結びつき働きかけるが故にいつも相対的なものなのだ」思想の相対性という事は当節流行の様に言われているが、こういう厄介な事実を見失って何をいおうが空言である。（「手帖　I」）

「思想家」という言葉からわかるように、ジイドはここで一人の人間の思惟の内部から紡ぎ出される「思想」が、個人の心性やその生活が変化していくがゆえに、一人の人間にとっても「相対的」なものに過ぎないと述べている。言い換えればその人物の「思想」は、その人物の固有の体験にもとづいて形成されていけば、他に取り替えることのできない固有の絶対性へと近づいていくかも知れない。けれども人の内的な自己意識は、外部の事象によって変化していくことも確かである。また言うまでもなく、その人の固有の「思想」は、他者の固有の「思想」と対峙すれば「相対的」であることを免れない。小林がジイドの引用文から読み取ったのは、こうした「思想」の不可避的に帯びる「相対性」、思想の宿命である。そうであれば、小林が別のところで「思想の敵が反対の思想にあると考えるのは、お目出たい限りである。(中略)どの様な思想も安全ではない」(「維新史」)と述べたのも、思想が相対的であらざるを得ないことを知らない者の陥穽に彼がきわめて自覚的であったがためである。思想の相対性は、人を果てしない議論へと引きずり込んでしまう。思想の相対性は、思想が「意匠」として複数の人びとによって担われる場合だけではなく、一人の個的な自己意識の内部で育まれていく場合でも、思想に固有の病理としてここでは語られている。

小林はまた、「理論家達が、理論を整備した結果、それほど意見が対立するものなら、理論とは仮面にすぎず、実は、自分達の好みの解釈が露呈したに過ぎないと気附いてよいわけである」(「感想」)とも言う。前節では、「解釈」について小林が否定的に捉えていたことを見てきたが、ここでは「理論」が「好みの解釈」、こう言ってよければたんなる主観性にもとづいているに過ぎないことが語られている。人が「理論」を選び取っていくことが、主観、つまり自我の意識的な発露に過ぎなければ、理論上の対立は際限のない主観の相対性へと落ち込んでいくしかない。仮にある理論が実証によって検証されたとしても、検証のために集められた事実が、すでに理論の正当性を証明するために都合のよい事実だけを取捨選択した結果であることはあり得る。要するに小林は、「解釈」つまり主観が相対的であれば、これにもとづいた「理論」も相対性を免れず、理論の対立も自我意識の主観的な対立に過ぎないのではないかと問うているわけである。

それでは「思想」や「理論」の相対性の弊害は、具体的にはどのように現れてくるのであろうか。たとえば「ヒューマニズム」について、小林は述べている。

ヒューマニズムを、無理に定義しようとしたり、その哲学的な基礎を求めようとしたりしても、ヒューマニズムの旗印しが殖えるだけだ。殖えるだけではない。そういう仕事は、ヒューマニズムが根を下している地盤、体系化を拒絶している生活人の教養と認識という地盤から、ヒューマニズムを切り離して行われる仕事だから、旗印しはヒューマニズムでも、実質は、宗教の代用品だか、哲学的な代用品だか知らないが、ともかく何か別なものの類を殖やす結果になる。有害無益な事である。(「ヒューマニズム」)

ヒューマニズムの問題は、「生活人の教養と認識という地盤」から上昇し、「ヒューマニズム」という「思想」の頂で論じられることになる。その論戦は、「ヒューマニズム」の「定義」や「哲学的な基礎」をめぐる詮索として現れる。さまざまな詮索は、『ヒューマニズムの旗印し』、つまり「ヒューマニズム」のさまざまな概念や観念を生み出すことになる。ヒューマニズムの問題は、「ヒューマニズム」をめぐる諸思想、諸理論の相対性にさらされる。こうした過程は、もちろんヒューマニズムの問題だけに限られたわけではない。小林は「平和だとか、人道だとか、自由だとかいう観念は、万人の望む普遍的な観念である」(「私の人生観」)と述べ、続けて「もともと厳密に出来上がってはおらぬ定義から出発したのだから、曖昧な糸が幾つも幾つも生ずる。つまり平和という観念は、遂に論戦を生まざるを得ない」(同右)と言う。

明らかなように小林は、ヒューマニズムとは何か、平和とは何かといった議論は有害で無意味であると退けている。ヒューマニズムであれ平和であれ、それが「意匠」としてドグマ化すれば、かならずもう一つ別の、大同小異の「意匠」が現われてくる。解釈が、別の解釈を生む。ある「意匠」がその正当性を声高に主張すればするほど、論戦は気づかれることなく相対性の罠のなかに囚われる。「意匠」は各々自閉していき、自閉した「意匠」が群居する。こうした文脈で小林は、「意匠」に憑かれたいわゆるインテリゲンチャ、知識人を信用していない。そして「意匠」あるいは「意匠」間で交わされる用語や言説が、いわば自家中毒を起こして空転することにきわめて警戒的であった。逆に言えば平和や戦争の体験が、究極的にはそれぞれの個人の生きることの特異性に存在していることは明らかであろう。「理論」や「思想」はまた、主義化、イデオロギー化すれば、「意匠」の相対性を露わにする。

アメリカとソヴェトの、イデオロギイ上での争いも、要するに、お互の看板に偽りがありはしないか、という言い合いである。御自慢の民主主義も、資本家の特権を覆い得ない。と言えば、共産主義とは、党員だけの特権か、と応ずる。標榜する主義がどうあろうと、実際には、人間平等の思想は、実現されていないではないかと争うのである。(「感想」)

イデオロギー化、ドグマ化した思想は、各々論争相手の欠点を攻撃することによって、自分たちの思想や理論の正当性を主張しようとする。共産主義と民主主義という思想は、それぞれ冷戦当時の東側と西側のまとう「意匠」であり、政治体制の優劣を競うために、各々教条化された国家の共同幻想としてそれ自体自立して機能した。ここで「意匠」の相対性は、「人間平等」という理念的な目標を、どちらがよりよく実現しているかという論戦として現れた。こうした事態を小林は、「梃子でも動かなくなった平等思想の本家争い」(同右)と述べている。小林が見つめているのは、もちろん共産主義や民主主義というイデオロギーが掬うことのできない人間の生の営みである。言い換えれば一人ひとりの人間の生き様、その偶然と必然の宿命である。それこそが文学の課題であることは、言うまでもない。

この文脈で言えば、文学の「意匠」同士の対立も、若い頃からの小林の批判の対象であった。一九三〇年の二八歳のときに、小林は次のように語っている。

プロレタリヤ派と芸術派とが、座談会などでこそこそ論戦していた間はまだよかったが、最近「新興芸術派」の人々が一夕の集会を開いたと見るや、忽ちこれに対する駁論、修正、既成の大家等は嘗ってプロレタリヤ文学運動を笑殺した伝で、これを笑殺しようとするし、プロレタリヤ派は、嘗って既成ブルジョワ作家等を撲殺した筆法で、これを撲殺しようとかかる、近頃文壇根性まるだしの醜体である。(「新興芸術派運動」)

「プロレタリヤ派」にせよ「芸術派」にせよ、小林にとっては「意匠」に過ぎず、「文壇」は「意匠」を体現したものと捉えられている。文学者や文学作品の潮流に名づけられた「何々派」とは、ある特定の観点や方法によって特徴づけられた作品の分類のための概念であり、ここで小林の「意匠」批判は、前節で見た「概念」批判、「観点」批判、「方法」批判と同じ意味をもつ。明らかなように小林は、文学者やその作品を「何々派」とレッテルを貼って、そのうえで交わされる「何々派」間の論争を無意味であると非難している。小林は、「何々派とか何々主義とかいう分類法は、紛糾した文学運動の流れを、明瞭にみせて呉れるには、大変賢明な方法でありましょう」(「新しい文学と新しい文壇」)とも言うが、彼が論争の向う側に見据えているのは、「何々派」という集団と集団との間の相対性を超えた、一人の作家とその作品との直接的な関係である。文学に限らず一般に芸術作品の創造の営みは、一つの個性とその思惟の表出であること、このあたりまえの事実に小林は注意を促している。彼が、「この方法(「何々派とか何々主義とかいう分類法」―引用者注)は、作家や作品の真実の姿を決して人にのぞかせない為にも大変便利な方法であります」(同右)と皮肉にも語るとき、小林が訴えかけているのは、「意匠」の相対性に陥ることのない作家と作品との絶対的な固有のかけがえのない関係である。作家の自己意識とその作品との間、言い換えれば思惟とその表出、そして作品として現れる表現との間には、幾重にも折り重なった捻じれや屈折が存在している。小林の言う「作家や作品の真実の姿」とは、まさにこの意味である。「意匠」は、芸術作品に特有なこれらの自己意識の諸過程を、目の粗いザルのように取りこぼしていく。

「意匠」の弊害は、「意匠」間の論争に不可避的に現れる互いの相対性の問題だけではない。

理論家は、論敵が敵だといつも思い込んでいる。（中略）だから、本当の敵は自分のなかにいる事に気が付かぬ。理論は現実の尺度だと思い込んでいる。理論の監視にも係わらず、外界の変化に順応する自分の生活感情が知らぬ間に絶えず理論を計っている事に気が付かぬ。（「林房雄」）

小林は別のところで、「思想は、実生活を分析したり規定したりする道具として、人々に勝手に使われている」（「思想と実生活」）とも述べているが、「尺度」や「道具」として「理論」や「思想」が機能すれば、「現実」や「実生活」はそれらによって裁断、分類され、混沌とした「現実」や「実生活」の実相は視野のなかに入ってこなくなる。「尺度」による「現実」の分類は、「現実」の抽象化、概念化であるが、これらの作業はもちろん人間の「生活感情」など一顧だにしない。「尺度」がイデオロギー化、教条化すれば、これに不都合な「現実」は無視されることになる。「現実」が無視されれば、「尺度」はイデオロギーとして容易に自律し、それ自体空転する「意匠」と化する。小林はこうした人間の思考過程における「理論」や「思想」の専断も、「意匠」の弊害と捉えている。

イデオロギーとしての「意匠」から必然的に生起する現実の等閑視に対しては、吉本隆明も強く批判している。

いっぽうでは、言葉を名辞だけで固守しようとする傾向がある。そこでは〈プロレタリアート〉とか〈階級〉とかいう言葉が、言葉自体の像としてはどんな現実にも触れえない。ただの名辞として流布されている。これもまた思想のモダニズムとしてわが国の伝統のなかに古くから沈積している。こういう情況では、思想の言葉はそれに対応する現実を腐蝕させるためにあるのか、あるいは移ろってゆく現実から、名辞だけをしばしとどめるための符牒としてあるのかのいずれかになっている。(「自立の思想的拠点」)

ここで吉本が批判的に語る〈プロレタリアート〉や〈階級〉が、小林の言う「意匠」であろう。〈プロレタリアート〉や〈階級〉は、「意匠」つまりイデオロギーとして自律し、そのために「現実」の実相を表現できない。吉本の言う「名辞」とは、イデオロギーによって掬い取られ、果てまで抽象化された「現実」の疎外された形式であり、今度はこの形式が「現実」を裁断して評価する。〈プロレタリアート〉や〈階級〉をめぐる論争は、それ自体「現実」から上昇してしまった「名辞」の戯れとして空転し始める。この自己運動のなかでは、〈階級〉概念は別のさまざまな概念を生み出し、あるいはさらに細かく分岐していく。小林はすでに一九三二年に、「俺達は今何処へ行っても政治思想に衝突する。何故うんざりしないのか、うんざりしてはいけないのか」(「X」への手紙」)と問い、続けて「これが、俺達の確実に知っている唯一の現実、限りない瑣事と瞬間とから成り立った現実の世界に少しも触れてはいない事に驚く筈だ」(同右)と述べた。吉本の先の引用文は一九六五年に書かれているが、小林のこの戦前の悲嘆は、遠く時代を隔てて吉本の批判と呼応している。吉本も小林も、イデオロギーとしての

「意匠」の物神化が「現実」の混沌を平準化し、さらにはこののっぺりとした「意匠」が、「現実」を素通りして短期間で入れ替わることに若い頃から意識的であった。現在にあってもこのような「意匠」は、保守と革新とを問わず健在であり、私たちは「意匠」に振り回されつつ、現在を了解したつもりでいる。

そして小林は、現実をあるがままに直視しなくなった「意匠」の弊害を、文学の領域にも見て取っていた。小林は一九六〇年に、菊池寛を論じるなかで次のように述べている。

現在のプロレタリア文学は、現実のプロレタリアの要求に基いて書かれたものというより、プロレタリア文学者の主観的要求を表現したものだ。プロレタリア文芸と呼んではならぬ。社会改造主張の文学或はプロレタリア崇拝の文学と呼ぶべきものである。これは空想的な仕事である。（「『菊池寛文学全集』解説」）

小林はすでに戦前に、プロレタリア文学を「インテリゲンチャの性急な民衆啓蒙運動」（「『日本的なもの』の問題　I」）に過ぎないと捉えていたが、ここでもそのような判断は維持されている。「プロレタリア崇拝」つまり神格化されたプロレタリアートは、プロレタリア作家の「意匠」であり、その「意匠」は一人ひとりの労働者のさまざまな生き様、生活感覚の襞に分け入ることを許さない。プロレタリア文学を「プロレタリア文芸と呼んではならぬ」と小林が言うのは、文学が政治思想のプロパガンダの手段となっていること、そしてプロレタリアの生活感情が、その文学的表現にまで昇華されていない憾みを語ったものである。そうであればプロレタリア文学者は、本質的にマルクス主義思想家、実践家と変わらなくなる。そこでは当然労働者は、小林の言うように革命運動への啓蒙の対象としてしか見なされない。吉本も、「庶民は、半知識人に、半知識人は、知識人に、知識人は、前衛に、前衛は、官僚に、それで終着駅です。なぜならば、人々はずっと以前から、このような過程を、大衆の〈造りかえ〉の過程とみなしてきたからです」(「思想の基準をめぐって」)と述べた。けれども「民衆啓蒙」にせよ「大衆の〈造りかえ〉」にせよ、そのように大衆を捉えれば、生活感覚の現実は変革のための粗雑な設計図に記載されることはない。この意味で文学とは、現実における大衆の苦闘を、言葉の表現にまで幾重にも昇華し尽くした結晶でなければならない。小林はプロレタリア文学のあり方を本質的に炙りだすことで、「意匠」批判を展開させて、その批評思想の理念を裏面から浮き彫りにしようとしている。

このように見てくればさまざまな「意匠」の相対性は、それぞれの内部の論理や言説が交差することで現われるが、それは言い換えれば、群居した「意匠」集団が各々内閉していくことを促す。そしてこのような自足した「意匠」の共同幻想が、いつの間にか現実から遊離していくことはきわめて見やすい道理である。「意匠」の相対性とその現実の無意識的な忘却が、人間の思考過程にとって必然であることは、その争闘の歴史を顧みれば明らかであろう。私たちの次の課題は、ひとたび囚われた「意匠」の圏域から離脱することである。次節では、この離脱の契機を探っておきたい。

第四節　「意匠」からの下降

小林秀雄は「意匠」からの離脱、つまり「意匠」からの下降の問題を、理念的な批評のあり方と関連づけて次のように述べている。

僕は「様々なる意匠」という感想文を「改造」に発表して以来、あらゆる批評方法は評家のまとまった意匠に過ぎぬ、そういう意匠を一切放棄して、まだいう事があったら真の批評はそこからはじまる筈だ、いう建前で批評文を書いて来た。今もその根本の信念には少しも変わりはない。（「中野重治君へ」）

文意は明瞭であって、批評の方法は「意匠」としてまず退けられる。方法論が批判されていたことは第二節でも見たが、ここでは明確に批評方法論が標的にされている。そしてこれを「放棄」すること、言い換えれば「意匠」としての「批評方法」の影響から離脱、下降する方向が提示される。第一節で私たちは、人間の思惟の働きが観念やイデオロギーの領域へと知的に上昇していく傾きを、不可避的な過程として小林の言説のうちに検討した。ここでは、その上昇に果てに獲得された「批評方法」から下降すべきであることが言われているわけである。小林は、「評家が批評方法という武器を捨てて了って、而もまだ言う事があるなら、真の批評は、そこから始まる筈だ」（「私信」）とも述べたが、次の問題は「真の批評」が始まる起点、つまりは降り立っていくべき目標地点であろう。その地点は、まずは上昇した果ての「意匠」批判を展開して、はじめて考察にのぼってくる。

この点についても、小林ははっきりと述べている。

人間は、自分以外のものを、本当に理解できないという事は、僕には疑いのない真理と思われる。考える人も行う人もその方法の源泉をメトドロジイ（方法論のこと―引用者注）という空しい知識から離れて、自分のうちに探らねばならぬ。（「『テスト氏』の方法」）

小林は続けて、「自分の資質というものの、一と目で極め得る単純さに堪える事」（同右）とも言うが、この「自分のうち」、「自分の資質」こそが、方法論から下降して立つべき地点であると捉えられる。ここで方法論をめぐる「意匠」批判は、自己意識の地平へと回帰してくる。方法としての「意匠」を脱ぎ捨てれば、裸の自己が現われる。小林は批評とは、自己意識の外部のどのような尺度にも憑かれることのない自分自身の感受性を信じ切ることであると語っている。逆に言えば批評の方法は、イデオロギーのように他者と共有することができない。このような自己意識は、「意匠」の魔力を知らないたんなる自意識の無垢さとはまったく異なった心性である。自己意識は、「意匠」の吸引力とその欺瞞性を知り尽くしているはずである。

また小林は、ドストエフスキーの『地下室の手記』の主人公の想念について次のように評する。

俺は一人で、決して他人達ではないのだから「われわれ現代人は」とか「われわれの世紀は」だとか、馬鹿な口はきかない事にする。君達は、真理という共通の話題を楽しんでいるがよい。君自身のかけ代えのない実質を売って、理性だとか悟性だとかいう、誰とでも代理可能の形式を買うのは、一体引合う取引なのか。(「『白痴』について Ⅱ」)

『地下室の手記』の主人公に対する小林のこのような批評が、先の方法論批判の引用文の内容と重なってくることは明らかであろう。「メトドロジイ」からの「自分のうち」、「自分の資質」への下降は、「われわれ現代人」といった複数性から「君自身へのかけ代えのない実質」といった単独性、自己意識の唯一の固有性への下降としても捉えることができる。言い換えれば「意匠」は、複数の人びとによって担われていなければ意味がない。他者たちと共有することのできる「メトドロジイ」や「空しい知識」、あるいは「真理という共通の話題」は「意匠」であるに過ぎず、批評は、こうした圏域からでは出で立つことができない。興味深いのは、小林のこのような批評思想の核心が、ドストエフスキーの『地下室の手記』の主人公の思想へ投影されていることである。あるいは言い換えれば、主人公の思想は、「意匠」を厳しく批判してきた小林の自己意識に射抜かれている。いずれにしても「意匠」から自己意識への下降が、批評の理念の不可欠な前提となる。批評とは、批評者の自己意識が何の媒介も経ることもなく、作者とその作品に直接的に対面することにおいてしか成り立たない。このような対面が批評を価値づけ、その真価を決定する。

さらに小林は、「意匠」からの下降の問題を、批評者だけではなく作家の制作過程の問題としても考えている。

諸君の喧嘩で文学が論議されるに際して、プロレタリヤ派は社会学的関心を捨てる事を恐れ、芸術派は美学的関心から自由になる事を恐れている。芸術はその固有な形態で諸君の意識の裡に存していない。而も諸君は自ら制作にたずさわる若々しい芸術家ではないか。諸君の制作過程には、恐らく諸君の論議にはおかまいのない溌剌たる制作固有の法則が動いているのではないか。(「アシルと亀の子　Ⅱ」)

プロレタリア派の「社会学的関心」や芸術派の「美学的関心」が各々の「意匠」のあり様であれば、これらを「捨てる事」やこれらから「自由になる事」は、「意匠」から下降していくことである。小林はこの下降を恐れるなと、若い作家たちに促している。「諸君の意識」とは作家たちの自己意識であり、そうであれば「制作過程の法則」とは、作家の他に代えることのできない内なる自己意識の動きの特異性であろう。作家たちは各々の自己意識の特異で固有な流れを、文学作品という形態で表現しようとする。この表現の過程では、作家は自己の意識の流れを、「社会学的関心」や「美学的関心」といった概念や観点、方法論によって妨げられてはならない。小林は、このように訴えている。彼は、「新しく文学を出発させようとする方々には僕は先ず、既成の諸観念を一切疑う事から始めて戴きたいと思います。(中略) 何故かと言うと文学をやろうと思う処に文学に対する陳腐な信仰が既にしのび込み易いからです」(「第十三次「新思潮」創刊に寄せて」) とも述べている。「諸観念」や「陳腐な信仰」が「意匠」であれば、「疑う事」もそれらから下降することであろう。もちろん私たちは、下降する以前の「意匠」において、文学だけではなくさまざまな宗教の教義や政治的なイデオロギーの共同観念をも念頭に置いている。

ここで「疑う事」とは、「意匠」と「意匠」との間の果てしない争闘の相対性に気づき始めることである。あるいはもっと言えば、「意匠」間の争闘のうちに各々の「意匠」が内閉し、果ては現実から見放されて「意匠」が自滅するまでにいたることを見定めることである。こうした事態に関連して、小林の次の思いに注目しておきたい。

君が自己告白に堪えられない、或はこれを軽蔑するのは、君がそれだけ外部の社会に傷ついた事を意味する。即ち、君の自我が社会化する為に自我の混乱というデカダンスを必要としたのではないか。このデカダンスだけが、君に原物の印象を与え得る唯一のものだ。君が手で触って形が確かめられる唯一つの品物なのだ。確かなものは覚え込んだものにはない。強いられたものにある。強いられたものが、覚えこんだ希望に君がどれ程堪えられるかを教えてくれるのだ。（「新人Xへ」）

「君」と言われているのは、新人作家のことである。ここで「外部の社会に傷ついた事」とは、文学の諸潮流間つまりその「意匠」間の論争に消耗してしまうことではないだろうか。論争に未来がないと絶望すれば、それは「デカダンス」である。信憑していた「意匠」に失望してしまった「デカダンス」である。新人作家の「自我」は、混乱に陥らざるを得ない。けれどもその「デカダンス」は、「自我」がほんとうに「社会化」するために、ひとたびはくぐり抜けることを必要とした「意匠」の洗礼からくるのではないだろうか。そして「意匠」の洗礼と「デカダンス」こそが、人が「原物」へと下降することを不可避とする心的な契機なのである。またこの「原物」を、現実と言い換えても間違いではない。小林の言うように、こうした「デカダンス」は決して「覚え込んだもの」ではない。覚え込むことができるのは、自己意識の外部からくる「意匠」である。「意匠」に対する失望、「意匠」間の論争に疲労することからくる「デカダンス」は、その人にとっては身を切るような体験である。身体に刻み込まれたある諦念である。そうであれば「意匠」から下降することは、「強いられたもの」である他はない。下降は回避することができず、もはや「意匠」を振り返ることはない。小林の「意匠」批判も、決して「覚え込んだもの」ではなく、彼が心性の奥で体験した「デカダンス」からきている。その淵源は、おそらく若き日のボードレールとランボー体験にまでさかのぼることができよう。

さらに「意匠」からの下降をめぐって、もう一つ検討しておかなければならないのは、文学と民衆との関係である。小林は一九三七年に、「プロレタリヤ文学の運動は、文壇に文学の社会性に関する議論を沸騰させたが、結局議論倒れになって作品の上で実際に民衆を掴む事には成功しなかった」(「菊池寛論」)と述べ、次のように続けている。

僕はプロレタリヤ文学の運動が外部的弾圧によって挫折したという事も大袈裟に考えたくない。殊に転向問題なぞ大した問題ではないと思っている。簡明な理論によって簡明な階級を摑みそこなった事なぞ問題ではない。ブルジョワ文学者も複雑な技巧によって民衆を摑みそこなって来たのである。要するに現代の民衆は純文学者の手にも負えない、在来の通俗文学者の手にも負えないという様なものになって来ているのではあるまいか。（同右）

ここでの問題の論点は、二つある。一つは、明らかなように「簡明な理論」、「簡明な階級」が「意匠」や概念を意味しており、このような「意匠」にもとづいた議論では、「民衆」の錯綜した実態をつかむことができないこと、二つは、これがより重要な点であるが、最初の問題が「転向問題」に関連づけられていることである。つまり小林には、「転向問題」は「問題」として論じられることで、「意匠」間の争論に吸収されてしまったという苦い判断がある。つまり「簡明な理論」、「簡明な階級」概念では、「転向」の本質的な核心は明らかにならないと小林は言うのである。「転向」の本質的な点は、「意匠」の圏域にはないと彼は訴える。「転向問題」は、「問題」として普遍的に流布され、決着にいたるようなものではない。だからこそ小林は、次のように悲嘆したのではないだろうか。

問題をすぐ解決せよとは言わぬ。一体転向という事は人が人間としての懐疑を味う絶好なチャンスじゃないか。惜しい事さ、みんなチャンスを逸してる。泣き言を宣言してみたり、小説にしてみたり、或は一と理屈つけて納って了ったり。（「林房雄の『青年』」）

「人が人間として懐疑を味う」ことに、小林は「転向」の本質を見ている。「転向」はプロレタリア作家にせよ共産主義の運動家にせよ、「懐疑」つまり一人の人間の内面に生じきたるイデオロギー、思想に対する疑念に引き寄せられて捉えられる。「懐疑を味う」とは、まさにそのような思想やイデオロギーとしての「意匠」から下降することの端初である。ここで言われている「転向」は、先の引用で指摘されているような「意匠」の争論に現れた「転向問題」とは明らかに次元が異なっている。小林にとっては、「転向」も自己意識への回帰、下降の問題として実存的に捉え返される。「転向」は、一人の人間が体系化された教義に対峙していく生き様をめぐる自己意識のあり方である。

　このように見てくると、私たちは吉本隆明の知識人と大衆との関係をめぐる考察、そしてその「転向論」を想起せざるを得ない。吉本は言う。

> 大衆自体の＜生活圏＞に向かって思想的に下降したとき、また、知識人が＜大衆の原像＞を繰り込むという課題に向かって出発をはじめたとき、（中略）＜政治力＞はすでに手中に包括されてあるといえます。それが＜開かれた＞政治力であるとおもいます。（「思想の基準をめぐって」）

　ここには「下降」という言葉が見られるが、この「下降」の途上で考えられているのが、吉本では「大衆の原像を繰り込む」という課題である。この課題が、小林の先に引用した「菊池寛論」のなかの表現では「実際に民衆を摑む事」であろう。ここでは小林も吉本も、下降の着地点を「民衆」、あるいは「大衆」に定めている。ただ小林には、一方で下降して回帰していく地点を「意匠」との関係で自己意識に求めていく確信的な視点がある。つまり「民衆」はあくまで文学、具体的にはプロレタリア運動との関係において捉えられている。なぜなら自己意識は、「民衆」のなかにあっても、たった一人の心性の内部に住まうからである。

また、小林がそこでプロレタリア文学やブルジョワ文学が「民衆を摑みそこなって来た」（「菊池寛論」）と言うのは、吉本が「〈大衆の原像〉とは〈日常性〉の代名詞のようなものですから、これを繰り込みえない「非日常性」の思想は、〈閉じられた円環〉に入りこむよりほかない」（「思想の基準をめぐって」）と述べたことと直接に対応している。吉本の「「非日常性」の思想」、〈閉じられた円環〉に対する評価は、民衆の生活実感からかけ離れたプロレタリア文学やブルジョワ文学の自閉性に対する小林の嘆きと重なっている。小林にせよ吉本にせよ、人間の思念が普遍性をもとうとするときの幻想性の出現は、現実によって相対化され、無化されていくのである。

さらに転向をめぐる問題については、小林は先の「菊池寛論」のなかで「僕はプロレタリヤ文学の運動が外部的弾圧によって挫折したという事も大袈裟に考えたくない」と述べていた。この小林の思いは、吉本の「日本的転向の外的条件のうち、権力の強制、圧迫というものが、とびぬけて大きな要因であったとは、かんがえない」（「転向論」）という判断と同じである。つまり小林も吉本も、転向を決意させる誘因として、個人の心性の外部からの作用を一義的なものとしては考えていない。さらに吉本は続けて、「むしろ、大衆からの孤立（感）が最大の条件であったとするのが、わたしの転向論のアクシスである」（同右）と述べたが、これは、吉本が転向を個人の自己意識の内部の問題として捉えていたことを示している。先に検討したように、小林は転向を、「意匠」から自己意識への回帰の問題として実存的に捉えていた。吉本もまた、転向をそのようなきわめて個的な心性の固有のゆらぎとして、自己意識の変化に焦点を当てている。吉本の言う「大衆からの孤立（感）」とは、先に引用した「林房雄の『青年』」のなかで小林が、「人が人間としての懐疑を味う」と述べたことを具体的に言い換えたものとも考えられよう。「孤立（感）」と「懐疑」が、私たちを「意匠」から下降させる。ここで自己意識のゆらぎは、痛切な虚無を経て、ふたたび個としての自己へと回帰していく。

「意匠」からの下降の問題にもどれば、小林は他にもたとえば、「思想という言葉の意味するところを、（中略）もっと奥の方、人間の微妙な生き方とともに微妙に生きているところに探る」（「文芸月評 XVIII」）、あるいは「僕は伝統主義者でも復古主義者でもない。（中略）そして現在に於いて何に還れといわれてみた処で自分自身に還る他はないからだ」（「文学の伝統性と近代性」）と述べている。いずれにしても「思想」や「主義」といった「意匠」から、「微妙な生き方」、「自分自身」といった自己意識、自己の固有な生き様へ眼を向けるべきことが語られている。けれども小林は、下降していく着地点について自己意識だけではなく、さまざまな論点に応じてさまざまな表現で展開している。これらの論点は、小林の批評思想を構成する重要な要素である。次節ではこの問題について、まず社会と文学との関係の側面から見ていくことになる。

第五節　社会と文学

小林秀雄の批評思想を原理的に大枠のところで規定しているのは、文学を社会との関係において捉えていることである。これはもちろん、その「意匠」批判とも関連している。

何故に作家のリアリズムは社会の進歩なるものを冷笑してはいけないのか。作家のリアリズムとは社会の進歩に対する作家の復讐ではないのか。復讐の自覚ではないのか。(「レオ・シェストフの『悲劇の哲学』」)

小林はまた、「社会の複雑さに反抗していない様な人間も文学も、僕は信用する気になれない」(「川端康成」)とも述べたが、社会が進歩してくれれば、自ずから社会はその複雑さを増してくる。ここで小林は、「社会の進歩なるもの」をイデオロギーとして捉え、そのイデオロギーは絶対的価値を有するものではなく、相対的なものに過ぎないのではないかと問うているのである。「進歩」も「複雑さ」も、人間が目標とすべきただ一つの価値ではない。ここには、小林の単線的な進歩史観としての近代文明批判がほの見えている。人間の生には、「進歩」や「複雑さ」に抵抗するもう一つ別の相が存在する。この相を追求するのが文学であると、小林は言う。ここではさらに「社会」という集団性に対して、「文学」という単独性を対置する小林の批評思想の核心が語られてもいる。「作家のリアリズム」とは、この単独性、芸術創造という営為の固有性を意味している。それゆえに彼は、後年に「精神の自由は眼に見えない。黙々として個人のなかで働いているし、またそれは個人にしか働きかけない。精神の自由を集団的に理解する事は出来ない」(「自由」)と述べたのである。言われている「自由」とは、前節で見た自己意識であり、自己意識の自由としての「精神の自由」は、集団に対置されている。けれどもそれは、社会に対してたんに内閉する自我意識ではない。「精神の自由」とは、自我の専断ではない。そして「集団的に理解する事」のできるのは、イデオロギーとしての「社会の進歩」であろう。第二節で見た「意匠」批判は、ここでも発揮されている。

このように小林は、文学を社会との関係のなかで、一人の人間の思惟の特異で固有な営みとして価値づけている。小林は、「彼等(芸術家のこと—引用者注)は、歴史や社会の動きの裡に全的に解消して了う事の出来ない人間の本質なり価値なりを信じていた」(「政治と文学」)と述べるが、この一文は、彼がその「私小説論」のなかで検討したいわゆる「社会化した「私」」の評価の問題と直接に関連している。「社会化した「私」」は、歴史や社会に対置された文学の価値づけを別の側面から照らし出しているからである。この問題については、まずフランスの自然主義文学に対する小林の評価から見ておくのが順当であろう。小林がフランスの自然主義文学を特徴づけている作家としてとくに挙げているのは、エミール・ゾラである。

とかく本国(フランスのこと—引用者注)では、自然主義文学は、ゴンクウルの正確な宣言に始ってゾラの仰々しい成功(或は失敗)に至るに鑑みれば、そこにまさしく野心的な社会的イデオロギイを蔵していた。作家は例外なく野心的な社会小説を書いた。(「谷崎潤一郎」)

ここでは、フランスの自然主義文学の本質に、小林が「社会的イデオロギイ」を見て取っていたことに注意しておきたい。そして別の箇所で、この「社会的イデオロギイ」の内容については「自然科学的、生理学的方法論」(「再び心理小説について」)、あるいは「社会的現実の精密な観察、分析による科学的真の再現」(同右)と述べている。「イデオロギイ」、「方法論」、「観察」、「分析」といった現実を解釈していくための諸装置については、小林がそれらを「意匠」として厳しく批判していたことはすでに見た。フランスの自然主義文学において、こうした特徴を抽出してくることは、さほど新奇な見解とは言えないかも知れない。けれども小林は、文学のなかの「社会的イデオロギイ」が長い歴史的な経過のなかで定着していったことに驚嘆している。たとえば彼は、「十七世紀に開花した自然科学が、其後、諸文化の先導に成功し、(中略)十九世紀も後半になって、極端なゾラの理論が、文学界にも現れるに至った。旅は長かったのだ」(「正宗白鳥の作について」)と言う。フランスにおける「社会的イデオロギイ」の定着についてのこうした小林の思いには、日本におけるマルクス主義理論の輸入とその文学に対する影響に対して、歴史的な蓄積の浅いことが想起されていたであろう。それは狭くマルクス主義、あるいはプロレタリア文学の領域だけではなく、日本に対するフランスの自然主義文学の影響についても当てはまることであった。

興味深いのは、フランスのこのような自然主義文学における自然科学的精神の奥深い歴史的な定着に対照する形で、日本の自然主義文学、つまりは当時の私小説の現状が批判されていることである。よく引用される私小説批判の一文である。

わが国の自然主義文学の運動が、遂に独特な私小説を育て上げるに至ったのは、（中略）何を置いても先ず西欧に私小説が生れた外的事情がわが国になかった事による。自然主義文学は輸入されたが、この文学の背景たる実証主義思想を育てるためには、わが国の近代市民社会は狭隘であったのみならず、要らない古い肥料が多すぎたのである。（「私小説論」）

いくたびか論じられてきたように、西欧における近代的自我の確立は、実証主義的な科学的精神が涵養されるための社会的な前提である。そして西欧の「私小説」の土台には、こうした自我の確立、実証主義的科学的精神が深く根を下ろしていると、小林は考えている。もちろんこの文脈での近代的自我は、社会との対立のなかで、社会との関係を取りながら確立されてきたことは論を俟たない。ところが日本ではこのような近代的自我も、この自我にもとづいた実証主義的な精神にも欠けていた、と小林は嘆く。言い換えれば社会に対して批判的に対立するにせよ、社会を肯定的に受け容れるにせよ、そうであるためにはすでに自我がいったんは社会化されていなければならないこと、つまり近代的自我が確立されていなければならないわけである。日本では少なくとも明治維新以降、このような自我確立のプロセスを経験してきたことがなかった。

それでは実証主義的科学的な方法論や精神を欠いていた日本では、私小説はどのような展開を遂げることになったのであろうか。小林は日本における自然主義小説、あるいは私小説の先駆と見なされた田山花袋について、以下のように述べる。

花袋がモオパッサンを発見した時、彼は全く文学の外から、自分の文学活動を否定する様に或は激励する様に強く働きかけて来る時代の思想の力を眺める事が出来なかった。文学自体に外から生き物の様に働きかける社会化され組織化された思想の力という様なものは当時の作家等が夢にも考えなかったものである。こういう時に「天上の星」を眺める事を禁止された彼が、自分の仕事に不断の糧を供給してくれるものとして、己の実生活を選び、これに新しい人生観を託して満足した事は当然なのである。（同右）

「文学自体に外から生き物の様に働きかける社会化され組織化された思想」とは、まさに小林がさまざまな論点から批判してきた「意匠」である。ここではそれは、社会を客観的に対象化して観察し、分析して記述する実証主義的な方法論、精神である。花袋はこうした「思想」を学んで、自らの小説の方法とする途を選ぶことができなかった。言い換えれば「意匠」へと上昇し、これを我が物とする意欲をもたなかったのである。「「天上の星」を眺める事を禁止された」とは、そのような意味である。そうであれば、花袋が小説の素材に身近な実生活の出来事を選び、これらをそのままに描写することに自らの文学のあり方を見定めたことは不思議ではない。つまり上昇することのない、実生活の現実の地平にそのまま留まったのである。小林はこの引用文の直後に、「社会との烈しい対決なしで事をすませた文学者」（同右）とも述べているが、これは、はじめから社会化の経験をもたない文学者ということである。はじめから社会化の経験をもたなければ、自己を社会の只中に位置づけること、つまり社会との対立も社会の受容も最初から問題にはならないわけである。そうであれば、当然近代的自我が確立されていく余地はない。そしてこうした事態はもっと言えば、社会から自己意識の地平へと下降することも思惟の射程には入ってこないということである。

けれども小林は、日本の私小説のあり方に対する批判から、さらにフランスの自然主義小説のなかに社会と個人との関係についての一つの理念的な形を見ている。ここで、よく論じられてきたいわゆる「社会化した「私」」の問題が出てくる。

フランスでも自然主義小説が爛熟期に達した時に、私小説の運動があらわれた。バレスがそうであり、つづくジイドもプルウストもそうである。（中略）その創作に動因には、同じ憧憬、つまり十九世紀自然主義思想の重圧の為に形式化した人間性を再建しようとする焦燥があった。彼等がこの仕事の為に、「私」を研究して誤らなかったのは、彼等の「私」がその時既に充分に社会化した「私」であったからである。（同右）

ここであらかじめ注意しておかなければならない点は、「充分に社会化した「私」」の内に、「十九世紀自然主義思想の重圧の為に形式化した人間性」と重なり合う部分があることである。近代的自我が確立していくためには、ひとたびは「私」が社会化した地平にいたることが必要である。けれどもこのようなすでに社会化を経験した「私」は、また一方で自然主義思想の「意匠」に翻弄された「私」でもある。この「私」は、自然主義思想の「意匠」に浸透されて社会を客観的に対象化して捉えるだけで、「私」を社会のなかで動き回る生き生きとした個性として表現することができない。そして「私」は、ほんとうの「私」を失っていたのではないかと疑っている。このように懐疑する「私」へと導いたのは、自然主義思想によって「形式化した人間性」に気づいた「私」である。「私」は、自然主義思想としての「意匠」から離脱して、下降しなければならない。それゆえに小林は、次のようにも述べたのである。

十九世紀の実証主義思想は、この思想の犠牲者として「私」を殺して、（中略）一般小説家を甚だ風通しの悪いものにした。個人の内面の豊富は閉却され、生活の意欲は衰弱した時にあたって、ジイドはすべてを忘れてただ「私」を信じようとした。自意識というものがどれほどの懐疑に、複雑に、混乱に、豊富に堪えられるものかを試みる実験室を、自分の資質のうちに設けようと決心した。（中略）彼の鮮やかな身振りは、眼を文学以前の自己省察に向ける事を人々に教えたのである。（同右）

小林が考えるジイドにとっての「私」、あるいは「自意識」とは、自然主義思想としての「意匠」から下降した果ての着地点である自己意識のことである。この意味での自己意識については、第四節で検討した。つまり小林にとってのジイドにおける「自意識」の問題は、小林の批評思想が出立する出発点をなすものである。彼の言う「文学以前の自己省察」とは、「意匠」から下降して自己意識の地平へといたることがなければ、文学も批評も始まらないということである。自己意識がこのような過程を経るためには、もちろん「意匠」としての「実証主義思想」の洗礼を受けていなければならない。このように見てくると、小林の次の一文はきわめて重要な意味をもつ。

言わば個人性と社会性との各々に相対的な量を規定する変換式の如きものの発見が彼の実験室の仕事であったことは前に述べた。ジイドはこの変換式に第二の「私」の姿を見つけた。併しそれには三十年を要したのである。（同右）

小林の言うジイドの「第二の「私」」が、この一文を解釈していくための鍵である。「第二の「私」」とは、社会のなかでの自己の位置を見定めようとする確立された近代的自我でもなく、いわんや田山花袋に見られたような実生活がそのまま小説としての表現行為と直接に重なるような「私」ではない。つまり「第二の「私」」とは、ひとたびは「意匠」へと不可避的に上昇し、その「意匠」の地平においてゆさぶりをかけられて解体に瀕した近代的自我が、下降した果てにたどり着いた心的な境位なのである。このような「第二の「私」」が、今までに言及してきた自己意識の内実であり、小林の批評思想が拠って立つ要石である。けれども思惟の道行としての上昇と下降は、かならずしも作家や芸術家だけが経験するものではない。私たちは、いくぶんかはこうした上昇と下降を日常生活のなかで繰り返しながら生を営んでおり、この意味では「個人性と社会性との各々に相対的な量を規定する変換式の如きもの」を誰でも心のなかにもっている。ただ日常生活を少なくとも円滑に進めていくためには、普通生活者は「社会性」

が結晶した観念の頂点にまで上昇することもなければ、「個人性」が結晶した私的な生活だけの極点にまで下降することもないということである。途中まで登り、途中から引き返してくるわけである。逆に言えば作家や思想家は、小林秀雄がそうであったように、こうした思惟の諸過程を多少とも意識化していく人びとであろう。それゆえにまた小林は、ジイドと同じように「第二の「私」」を「変換式」に探ることができたのである。

ちなみに加藤典洋は、ジイドの『贋金造り』やプルーストの『失われた時を求めて』を論じながら、「ぼく達が、『贋金造り』を読み、『失われた時を求めて』を読んで知るのは、(中略)そこに彼らが、「社会化された私」ならぬ、「社会化されえない私」ともいうべきものを発見して、定着しているということ」(『批評へ』)と言い、さらにこの「社会化されえない私」を「社会化されえないもの、社会意識に対立する自己意識」(同右書)と述べている。明らかなように加藤の言う「社会化されえない私」とは、小林の指摘する「第二の「私」」のことである。言い換えれば「社会化されえない私」は、「社会化された私」を経ることで、はじめて獲得される「第二の「私」」である。そして加藤の言う「社会意識」が、フランスの実証主義的科学的な方法論、精神であろう。加藤もまた、この方法論や精神に浸透された「私」から離脱して、さらに下降していくことで到達したもう一つ別の心的な境位を「自己意識」と名づけている。

そしていわゆる「社会意識」は、これがイデオロギーとして機能すれば、実証主義思想に限らずさまざまな政治的イデオロギーに見られるように集団性を帯びざるを得ない。けれども人は、この文脈での集団性によってはコントロールすることのできない、その人に固有な心的な領野をもっている。このような心的な領野が、加藤の言う「社会化されえない私」であろう。

あるいはそれは、ひとたび社会化を経たうえで社会化されることを拒否する心性である。自己意識にせよ「社会化されえない私」にせよ、加藤はそれらをあくまで社会との関係において見ている。社会という集団性に対して、個人は単独性として対置される。このように考えてくれば、冒頭でも述べたように社会と文学との関係においても、文学の役割がその単独性によって社会の集団性に対立し、集団性から離脱していく機能をもつことは見やすい。小林の考える文学や批評の理念にあっては、明らかに社会はさまざまな「意匠」が互いに競い合う相対性の世界として捉えられており、文学や批評は、こうした相対性の桎梏から一人の人間のかけがえのない固有の思惟の動きへと立ち還っていくことを意味している。私たちはこの地点にまできて、ようやく小林の批評思想を具体的に検討していく入り口に立つことになる。

第六節　自意識と生活経験

第一節において　私たちは観念やイデオロギーへの上昇が、人間の思惟の流れにとって不可避的で必然的な過程であることを検討した。そして小林秀雄は、そうした過程を「一種強力なメカニズム」（「文芸月評　XX」）、「非情なメカニズム」（同右）と捉えていた。けれども一方で小林は、人間の思惟が観念やイデオロギーへ上昇することを否定するか、あるいは無意識的にもそのような上昇への途をたどらない場合があることを指摘している。

文学者や芸術家は、己の内的な動機を、絶えず制作行為の裡に投げ入れる。動機は制作を生み、制作は又新しい動機を目覚すという具合に、彼等の思想生産という手仕事は、紆余曲折して進むのである。何等格別な事ではない。知るとは生きる事だ。かような筋道を踏んでは、いつまでも経ってもイデオロギイは出来上がらない。（「政治と文学」）

自分の自意識のあり様がイデオロギーや概念、方法論などに媒介されることなく、そのまま作品へと昇華されること、このような芸術創造のあり方を、小林はここで美を造り出していくことの理念的な形として差し出している。今まで見てきたように、自己意識はひとたびは「意匠」へと上昇し、また「意匠」から下降してきた果てにたどり着いた心的な境位であった。けれども小林は、そのような思惟の回路を経ることなく、そのまま自意識がいわば横滑りして、自己意識の境位へと移りゆく道筋を「制作行為」のもう一つ別の途として示したわけである。そしてこの場合の自己意識は、作品に結晶化する以前の自意識のあり様を、自己のうちに保持している自己意識である。このような構図で捉えれば、自意識と自己意識との間には、意識を純化したものとしての作品しか存在していない。小林は別の箇所で、「思想のモデルを、決して外部に求めまいと自分自身に誓った人」（「私の人生観」）とも述べているが、このような自覚が可能なのは、「意匠」への上昇と「意匠」からの下降を経てきた自己意識であろう。こうした迂路を介さない直接的な自意識から自己意識への道筋は、むしろ自意識が自意識のままである他はない心的な境位であろうか。小林の言う「知るとは生きる事だ」とは、この文脈で捉えることができる。

付言すれば、竹田青嗣は加藤典洋との対談のなかで、吉本隆明の言う「非知」をめぐって「非知というのは何かと言うと、（中略）一つの中心としては、知的なプロセスをたどっていって、ある世界の合理というか、理想に達することはもう不可能であるということですね」（『批評の戦後と現在　竹田青嗣対談集』）と語っている。ここで「知的なプロセス」をたどるとは、明らかにしてきたように「意匠」への上昇である。竹田もまた、吉本の「非知」に沿って、イデオロギーとしての「意匠」への上昇を否定してみせている。竹田は「一人一人の人間が世界を内面的に論理化してひとつの普遍に達するというプランそのものが、実は不可能なんじゃないか」（同右書）とも言うが、そうであれば「一人一人の人間」の自己意識はどこに向かうのであろうか。このように問うてくれれば、小林が観念やイデオロギーへの上昇を否定したことは、自己意識がそこから出で立ったところの自意識へと回帰することを提示しているように思われる。けれども小林が理念的に思い描いているのは、「意匠」に一度も憑かれたことのない、いわば無垢の自意識である。そうした自意識の無意識に、彼は作家や芸術家の意識の純化した形態を見ていたと言わなければならない。

小林はこのような自意識を、具体的な作家や芸術家の思惟のなかに見ている。

色の本質を求めて光を得るという科学者の道は、現前する色という存在をそのまま信じ込む画家の道とは、初めから出発点が異なっている。「画家にとって光は存在しない」というセザンヌの言葉は、色の本質という問題は、色の存在に固執する画家の本来の気質を乱すに足りぬというはっきりした態度を語っているように思われる。(「近代絵画」)

本居宣長については、次のように言われる。

彼は、人生を考えるただ一つの確実な手がかりとして、内的に経験される人間の「実情」というものを選んだ。では、何故、彼は、この貴重なものを、敢えて「はかなく、女々しき」ものと呼んだのか。それは、個人の「感慨」のうちにしか生きられず、組織化され、社会化された力となる事が出来ないからだ。(「良心」)

小林がセザンヌや本居宣長に見て取った論旨は、きわめて明快である。「色の本質」を求めていくことは、色の概念へいたるための上昇の道程であり、「組織化され、社会化された力となる事」も、ある社会的なイデオロギーとしての「意匠」を構築していく上昇の過程である。セザンヌも宣長も、そのような途には無関心であった。セザンヌは、「現前する色という存在をそのまま信じ込む」自意識にとどまり、宣長もまた、「内的に経験される人間の「実情」あるいは「個人の感慨」」という自意識を手放すことをしなかったのである。セザンヌの画業も宣長の国学も、そのような自意識がそのまま作品として結晶化したものであると小林は捉えている。そして彼は、セザンヌや宣長の創作過程に、自己の批評の営為をそのまま重ねようとするのである。言い換えればセザンヌや宣長の創造の自意識は、同時に小林の批評の自意識である。こうした小林の批評思想の特徴については、後に詳しく検討する。ここでは少なくとも、小林が芸術家の創作過程の理念のうちに、その自意識の直接的な発露を掘り当てようとしていた点は指摘しておきたい。つまり彼は、この自意識の純粋な表出以外の場所に美的創造の価値を認めることはなかった。

さらに小林は、この自意識の拠って立つところを生活経験のうちに求めていく。

批評の場合、（中略）批評の対象として取り上げた経験的事実が、既にある特殊な事実であり、沢山の事実を無視して、はじめて選べた事実なのだ。無論、これは必ずしも評家が任意に選んだ事実ではなく、多くの場合、評家の生活環境が、問題として強制する事実なのである。（中略）批評の方法は、この対象の性質に直接に規定されているのであり、従って、その方法は、理論的というより寧ろ実践的なものでなければならない。（「無私の精神」）

批評の対象が、社会的な事象であれ作家や芸術家とその作品であれ、批評者はそれらから自意識をゆさぶられることがなければ、批評の対象として選ぶことはない。そうでなければ、批評者にとって批評自体が成り立たない。しかもこのような自意識は、今まで生きてきた批評者の人生や生活の、その批評者に固有の経験によって育まれてきたものである。人生や生活のなかで経験するさまざまな出来事は、その人間にとって他に代えることのできない、いわば宿命であって、批評者が批評の対象を選び取っていくことも、その人の人生と生活、自意識の道行の宿命である。自意識が批評へと表現される過程には、自意識が根づいている人生と生活の経験の歴史が脈打っている。批評者は、こうした自意識を批評の対象に刻み込んでいく。そうでなければ、小林にとって批評が一つの作品として自立することはない。見てきたような自意識と人生や生活経験の関係は、批評者にとってだけではなく、作家や芸術家の創作過程にも当てはまる。小林は、志賀直哉を論じて述べている。

世の中には、外部の物が傷つけ様もない内の幸福があり、何物も救い様のない深い不幸がある事を僕等は知っているし、そういう幸不幸を識るのには、又別の智慧が要る事も知っている。（中略）生活の何たるかを生活によって識った者には、誰にでも備わった確かな智慧だ。「暗夜行路」は、この確かな智慧だけで書かれている。（中略）この主人公（「暗夜行路」の主人公である時任謙作のこと―引用者注）の掴んだものは、恐らく深い智慧だが、その根は一般生活人の智慧のうちにある。（「志賀直哉論」）

「外部の物が傷つけ様もない内の幸福」や「何物にも救い様のない深い不幸」とは、自意識が自意識の内部だけで感じ取る幸福と不幸である。あたりまえのことであるが、人がその生活を営むなかで経験する幸不幸は、自意識の外部にあるイデオロギーや思想、概念などによって体験できるものではないし、心をゆさぶられるものでもない。幸不幸を感じるその人の自意識は、他者に代わってもらうことのできない、その人に固有の意識の特異性、遍歴である。そしてこの文脈での自意識も、生活経験によって培われてくる。ある幸不幸に対して自意識がゆさぶられる度合いは、こう言ってよければその人の生活経験の蓄積の質である。その固有の質が、人生上で直面する幸不幸の深さと浅さとを感じ取るのである。小林は作品「暗夜行路」のうちに、そのような志賀直哉の自意識と生活経験の質を見ている。小林が主人公の時任謙作について、「彼の苦しみは、言葉なぞを媒介とせず生活から直接にやって来る。これを立て直す為にも、彼は生活を生活によって識る者の智慧、つまり精神の実力以外のものを使わない」(同右)と述べるのは、不幸の深さとその克服は生活の即自的な経験、つまりは自意識の強靭な直接性に拠る他はないことを強調しようとしたためである。小林は作者の志賀直哉のうちにも、生活と自意識の強靭さを見抜いている。もちろんその根底には、彼の「意匠」批判が息づいている。小林の「意匠」批判は、生活経験と自意識の地平で、あらたな出発点を獲得している。

第七節　常識と実生活と芸術

批評や小説作品に対する生活経験の重要性は、常識の問題としても語られている。常識は、ここである批判的な機能をもたされる。

常識を守ることは難しいのである。文明が、やたらに専門家を要求しているからだ。私達常識人は、専門的知識に、おどかされ通しで、気が弱くなっている。私のように、常識の健全性を、専門家に確めてもらうというような面白くない事にもなる。（「常識」）

私たちは、今までに何か経験したことのないような大きな社会的事件や事故、ウイルスの流行なども含めた自然的な災害に直面すると、その領域の専門家の語る用語に注目する。そしてそれらがマス・コミに広く流布されるようになると、私たちの日常の思考や行動は、いつの間にかそれらの用語に影響されながら働くようになる。それらの専門用語は、社会的に自律した技術的な専門用語として、私たちの今までの生活の様式に一定の修正をせまる。日頃の生活では聞いたこともないような言葉が、私たちの経験してきた日常性をゆさぶる。小林秀雄が守ろうとしている「常識」とは、こうした意味での生活者の日常性である。ここで言われている「専門的知識」は、小林にとっては「常識」をコントロールしようとする「意匠」である。むしろ小林は、このような事態に対して「厳正な定義を目指して、いよいよ専門化し、複雑化して、互いの協力も大変困難になっている今日の学問を、定義し難い柔軟な生活の智慧が、もし見張っていなければ、どうなるでしょう」（「常識について」）と言う。「定義し難い柔軟な生活の智慧」とは、「常識」であろう。「常識」が、「学問」のタコツボ性に対置される。現在の「学問」は、「意匠」間の閉鎖性に陥っていると、小林は警告を発している。私たちは、生活経験から育まれてきた知恵と判断に、もう少し信頼を寄せるべきであると小林は訴える。

彼は、「私が、常識という言葉は、定義を拒絶しているようだと言ったのは、この働きには、どうしても内から自得しなければ、解らぬものがある、それが言いたかったからなのです」（同右）とも述べている。「内から自得する」とは、その人に固有な人生の経験によって固められてきた、その人だけの自意識の働きのことである。そうであればここで注意しておきたいのは、小林の考えている「常識」は、いわゆる世間的に流布された一般的な世知とは違うという点である。小林は「常識」を、明らかに社会の次元より、個の次元で捉えている。このように考えてくれれば、小林が次のように言うのはわかりやすい。

教養は、社会の通念に、だらしなく屈するものだが、実社会で訓練された生活的智慧は、社会の通念に、殊更反抗はしないが、これに対するしっかりした疑念は秘めているものだ。

（「歴史」）

「実生活で訓練された生活的智慧」である「常識」は、これが固有の生活経験にもとづく自意識の判断であるからこそ、「社会の通念」にたいしても自己を守ることのできる「常識」である。ここで「生活的智慧」が対置される「教養」は、知の「意匠」であろう。前節で検討した生活経験や自意識にかけられた小林の理念は、「生活的智慧」や「常識」をあくまでも世間の集団性に対置された個の単独性のうちに希求することで、より実存的な色彩を帯びてくる。

さらに小林は、こうした個の単独性のあり方を「人々は、人々のそれぞれの生活の即した現実を見ているに過ぎない」(「文学は絵空ごとか」)と述べて、以下のように言う。

> 人々は各自の職業習性を離れて決して現実を眺める事は出来ぬという事である。魚屋は彼の習性に従い、魚の美しさを知りはしないし、画家は彼の習性に従い、魚の美しさが魚屋の習性に逃げ込んで、減形し、永遠に再現の機会を失う事を恐れる。(同右)

ここで生活経験にもとづいた自意識、個の単独性、「常識」の問題は、各人の対象を見る眼の固有の作用に即して語られることになる。私たちは同じ物を見ても、その人のいま働いている実存的な自意識のあり方によって、その物はさまざまな様態を現して見えてくる。いまという時間だけではなく、場所が変われば、同じ物を見ても異なった感慨をもよおす。小林にとって物を見るということは、後に論じるようにその批評思想の核心の一つである。小林に独特な「常識」の理念は、物を見る芸術家の眼のあり方にまで及んでいる。しかもその芸術家の眼は、「各自の職業習性」という言葉にも表されているように、魚屋の眼と等価である。魚屋の眼も画家の眼も、自意識や個の単独性という同じ土俵のうえに並べられて評価されている。

これらの問題と関連して、茂木健一郎は、吉本隆明との対談のなかで次のように述べている。

床屋のおやじさんが客と話をしていて、「まったく何を考えているんですかね」というとき、そういう人たちはちゃんと自分の生活をもっていますから、どうも大衆のほうが健全な批判精神を保っているように思います。将来、「知」が復権することがあるとすれば、そのときは、まだ掘り起こされていない生活現場における大衆の「知」のあり方をなんとか掬い上げて形にする以外にありえないのではないかと思います。（吉本隆明　茂木健一郎『「すべてを引き受ける」という思想』）

茂木の言う「自分の生活」や「生活現場における大衆の「知」のあり方」が、小林の言う「人々のそれぞれの生活に即した現実」（「文学は絵空ごとか」）や「各自の職業習性」（同右）と直接に対応していることは明らかである。ここで「大衆の「知」のあり方」を、魚屋の眼や芸術家の眼へと敷衍しても間違いではない。そうであれば、茂木が大衆の生活やその「知」に「健全な批判精神」を読み取るのは、小林が「実社会で訓練された生活的智慧」（「歴史」）や「常識の健全性」（「常識」）と述べたことと重なっている。ただ小林は、「生活的智慧」や「常識の健全性」に、社会的な通念や専門家集団に対する批判的な機能を担わせただけではなく、作家や芸術家の物の見方を遠望しているのである。もちろんその場合にも、芸術家の物の見方に比べて魚屋の物の見方が、社会的な権力に対して批判的な機能をもち得ない劣った見方であると捉えていたのではない。むしろ魚屋の魚の見方は、前節で述べたような文脈で言えば、自意識が自意識のままで、いわば即自的に批判的な機能をもってしまう、そのような見方であると考えている。この点は、小説の一般読者層に対する小林の捉え方とも関連してくる。

小林は、「純文学の読者が減って来たのは、純文学が面白くなくなったからだ。簡単明瞭な理由である」（「現代小説の諸問題」）と述べて、別の箇所で次のように言う。

実生活が一番大事な社会人というものは、あの男は面白いとか、あの女はつまらんとか、あいつの生活のしぶりは魅力があるとかないとか、そういう現実に対して敏感なものとまさに同様に小説のリアリティに敏感なのだ、その敏感さが小説の面白いつまらないを決める。（「芥川賞」）

この文章は一九三五年に書かれているが、二五年後の一九六〇年にも、小林は同じように「何の先入主もない生活人達が、何よりも先ず実人生に執着し、生活体験に基いて文芸作品を判断し、評価している事実に着目して欲しい」（『菊池寛文学全集』解説」）と述べている。小説の一般読者層が何を小説に求めているかについて、小林の洞察は若い頃から一貫している。つまり「実生活」、「現実」、「生活体験」といったその時代に生きる人の生活経験が、ある小説に魅了される基盤を形づくっていく。けれどもそうは言っても、ある小説に人が引きつけられるのは、その小説がその人の現実の生活経験をよく反映しているとか、その人の生活のあり様に近いからであるとは限らない。なぜなら、自分の生活や生きている時代の情況とはまったく異なった虚構の世界を表現している小説作品のなかに、人は自分の夢を託すこともあるからである。

しかし一方でそのような場合にあっても、夢を託された虚構の世界としての小説作品が、その人の生活経験をたんに逆立させたものであるとも捉えることができるわけである。つまり小説作品が読者にとってその生活経験を順当に反映している場合でも、反映の形が虚構として逆立した場合であっても、その人に固有な生活経験が、読もうとする小説を取捨選択していく根元の地平となっていることは明らかである。人は他者との生活経験がなければ、その人が小説を鑑賞するという行為自体がもともと成り立たない。

拙著『歴史と思想―時代の深層から』においても引用したが、いわゆるサブカルチャーについて東浩紀は、「日本ではいま、大衆に支持される創作物は、現実の政治的葛藤や社会問題をほとんど反映していません」(『セカイからもっと近くに　現実から切り離された文学の諸問題』)と述べた。加えて東は、「オタク系作品の特徴は、その物語や人物造形が現実をほとんど反映しないこと」(同右書)とも言う。現在におけるこのようなサブカルチャー作品の傾向は、先にも述べたまったくの虚構の世界としての小説作品が、生活経験の現実をたんに逆立させたものである場合として捉えることができる。そうであれば、「オタク系作品」は「現実をほとんど反映しないこと」を通じて、「現実」から湧き出る夢想を逆説的にも表現しているのではないだろうか。小林が戦前に述べた「実生活」や「現実」の地平は、現在の生活者としての一般読者の心性のうちにも変わることなく存在している。

以上見てきたような一般読者層に対する小林の価値づけは、作家に対しても同じように適用される。この側面からとくに言及されているのは、菊池寛である。小林は、菊池の「半自叙伝」のなかの「私には、小説を書くことは、生活の為であった。―清貧に甘んじて、立派な創作を書こうという気は、どの時代にも、少しもなかった」(『菊池寛文学全集』解説」)という一文を引用しながら、次のように言う。

菊池寛は、哲学を必要としなかった。何故かというと、作家としての彼にとって、哲学とは、「生活第一、芸術第二」で沢山だったからだ。(中略)つまり、創作の動機は、生活上必至な様々な動機のうちの一つであり、この動機が何か特別に高級な動機と思い込むのは、感傷的な考えである、という信念である。(同右)

一般読者層がその固有の生活経験の蓄積を直接的にも間接的にも反映させながら、鑑賞しようと思う小説作品を選択するように、菊池寛にとって小説を書くという創造行為の目的は、生活の糧を得るためであった。ここには明らかなように、実生活と芸術との関係をどのように捉えるかという、芸術家にとっての根本的な問題が語られている。小林は菊池のうちに、「生活第一、芸術第二」という考え方を見て取り、これを実生活と芸術との関係における小林自身の信条としても評価している。菊池にしても小林にしても、芸術のために生活を犠牲にすることは、その生活倫理に照らして考えられなかった。生活を営む巨大な重みの前では、芸術創造の価値の重さなど比べものにならない。小林を批判するとき、彼が現実のさまざまな問題を考えることから逃避して、美的な鑑賞の世界の殻に閉じ籠ってしまったという見方が取られる場合がある。筆者もかつて、そのように考えていた。けれども、少なくともその現実の問題を日常の生活と捉えるなら、小林が美の創造と鑑賞など日々の生活の問題に直面するなかでは、取るに足らないものだと考えていたことは留意しておかなければならない。言い換えれば美の享受で、人間の肉体的な飢えを満足させることはできない。

一般読者層や作家、芸術家に対する小林のこのような考え方は、批評者に対する批判へと展開している。

作中人物となって生活している様な気になる事、或は作中人物と実際に交際したい様な気持ちになる事、そういう一般読者層が小説を読むに際して必ず抱く率直な錯覚は、（中略）凡そ小説と呼ばれるものが社会に生きる為の根柢の条件をなす。そういう通俗な（実は決して通俗などとは呼べないものなのだが）錯覚を満足させない小説は、批評家が、その思想の進歩性を、その意図の正当さをどんなに説いた処で所詮文壇論議を出ないのである。（「志賀直哉論」）

ここでは、一般読者層がある小説を鑑賞するときに感じる想念と、批評者がその小説を批評するときの思想や観点、あるいは方法論とが明確に区別されている。批評において思想や方法論が厳しく批判されていたことは、第二節で検討した。小林は明らかなように、「鑑賞」、つまり一般読者層が選び取った小説作品に託す夢とその夢を可能にする小説を、批評者の思想や観点よりもずっと高く評価する。読者がある小説に夢中になること、つまりその小説の物語りの流れのなかに自分もいつの間にか巻き込まれていること、これらの思惟の一連の動きに、小林もまた、作品を鑑賞し批評していく自己の思惟を重ねようとしている。言い換えれば小林は、「一般読者の社会的嗅覚という実在」（「現代文学の診断」）に一歩でも近づこうとすることに、批評のあるべき理念を見ている。ここにはもちろん、批評者が一般読者層に比べて、高い洞察力をもち得ているというような特権的な意識は微塵もない。それゆえに小林は、以下のように言うのである。

アクチュアルな性質をもつ批評は、みんな匿名批評の簡単明瞭なものにしてしまえという説なんだよ。面白いのか面白くないのかそれだけはっきり言えば、それでよい。社会人の常識を代弁すればそれでよい。（「小林秀雄とともに（座談）」）

批評が「匿名批評」であるべきだとは、小林が、批評において批評者の思想や観点を打ち出すことに否定的であることに対応している。そして「匿名批評」であることは、それが同時に「社会人」一人ひとりの「常識」に相違ないことを意味している。ここでは、批評者は批評において個性的であることより、「常識」や「社会人」の生活経験に沿うことが一義的であると語られる。要するに小林は、批評者も大衆と同じように小説作品を面白がり、つまらなければつまらないと言えばよいと述べている。このような批評のあるべき姿は、実生活と芸術をめぐる小林の批評思想の極限の理念である。極限の理念であれば、批評においては普通、批評者に固有の観点が多少とも表現されてくるのはあたりまえであろう。けれども少なくともここでは、批評が、一般読者層の小説の読みとぴたりと重なる地平が批評の価値が収斂する原像として捉えられているわけである。

こうした批評の価値的な原像は、現在の批評家にも共有されている。たとえば加藤典洋は、二〇〇三年にテクスト論批判の文脈で次のように述べている。

あまり小説というものを知らない人々が、慣れないものに手を染めた結果が、いまわたし達の前にある、テクスト論と呼ばれる批評である。わたしはただの読者として小説を読むということだけを心がけた。この本にもしほんの少しの新しさがあるとしたら、ただの読者が小説を読むという経験だけで、バルト、デリダ、フーコーといった「作者の死」の論者たちの説に、向き合っていることだ。(『テクストから遠く離れて』)

小林は、すでに一九三七年に「文壇は外来思想の実験所と化した。而もこの実験は文壇の外には殆ど通用する事がなかった」(「『日本的なもの』の問題　I」)と述べている。加藤が一九八〇年代以降の「テクスト論」について、「あまり小説というものを知らない人々」による争論であると言うとき、それは遠く「文壇は外来思想の実験所と化した」と嘆いた戦前の小林の「意匠」批判と響き合っている。そして現在のテクスト論の「意匠」は、バルト、デリダ、フーコーであろうか。また加藤が自分を「ただの読者」であると言うとき、そこには小林が先に見た「匿名批評」(「小林秀雄とともに」(座談))に託した批評の極限の理念、つまり批評が一般読者層の小説の読みへと収斂していくべきことが含意されていよう。加藤は、二〇〇二年から二〇〇三年にかけて『テクストから遠く離れて』を執筆していた際、小林の「意匠」批判を意識していたと思われる。ただここで重要な点は、小林の批評思想が現在における注目すべき批評家のうちに、現在的な課題に取り組んでいくなかで脈々と受け継がれていることである。小林にあっても加藤にあっても、批評的価値の原像は、私たち一般の読者層、生活者としての原像にある。ここには、批評者や知識人がその世界にだけ通用する用語を駆使しながら、いつの間にか現実の実相から遊離していくことへの危惧がある。

ここであらためて小林の批評思想における実生活と芸術との関係を考えてみると、彼が「芸術が何か実生活を超えた神聖物とみなす仮定の上にはどんな批評も成り立たぬ」（「批評家失格Ⅰ」）と述べたことは、ごく自然に受け取れる。小林にとって芸術は、生活や人生の一部分に過ぎない。生活の圧倒的な重みが、ときとして芸術の美の鑑賞や創造の喜びを視野の隅に追いやってしまうことは、私たちの日常の生活を顧みれば明らかである。生活者にとって芸術に接することは、その日常の労苦をひとときでも忘れるためであろう。批評者もそのようにあるべきだと小林が訴えるとき、彼の批評思想の根元には、実生活は芸術よりずっと広くて深いとするその生活思想が息づいている。

私たちは今までの生活経験のなかから、自己の人生についての固有の考え方を培っていく。それをその人の人生観と言ってしまえば、小林はその人生観から芸術を眺めており、決して芸術から人生を評価することはない。たとえば吉本隆明が、「ある一つの思想的原理があるならば、文芸批評というものはただその原理——じぶんが持っている原理、つまり批評家が持っている原理の、いわばひとつの現れである」（「文芸批評とはなにか」）と述べるとき、小林にとっての「一つの思想的原理」とは、小林に固有の生活経験と人生観、つまりは生活を一義とする思想である。そうであってはじめて、芸術は実生活の「ひとつの現われ」であると見定めることができる。もちろん芸術が一義であり、実生活は二義的なものであると考えることもできる。それが仮にそのように考える人の生活経験から現われてくる芸術観(あるいは人生観)であるとすれば、私たちはもちろんその人を非難することはできない。けれども実生活は芸術のためにあるのであって、その逆ではないと考えてしまえば、芸術創造の営みを人間の生の営みのなかでより広く感じる余地を狭めてしまう。なぜなら人間の美的な創造の行為は、その他の人間の生の営みと有機的に結びついていて、美的な創造の行為だけを切り離して人は生きているわけではないからである。小林も吉本も、少なくとも実生活と芸術との関係に関する限り、実生活が一義的であるとする構えを共有している。ただ小林は、実生活と芸術との関係についての考え方のほかに、実生活と思想との関係をめぐっても独特の見解を提示している。次節では、この点を検討する。

第八節　実生活と思想

実生活と思想との関係についての小林秀雄の見解は、その私小説に対する批判の論理と密接に関連している。まず、この点から見てみよう。第五節でも引用した一文であるが、ふたたび引いて考えてみたい。

花袋がモオパッサンを発見した時、彼は全く文学の外から、自分の文学活動を否定する様に或は激励する様に強く働きかけて来る時代の思想の力を眺める事が出来なかった。（中略）こういう時に「天上の星」を眺める事を禁止された彼が、自分の仕事に不断の糧を供給してくれるものとして、己の実生活を選び、これに新しい人生観を託して満足した事は当然なのである。以来小説は、作者の実生活に膠着し、人物の配置に、性格のニュアンスに、驚くべき技法の発達をみせた。（「私小説論」）

田山花袋に例を取って語られる私小説にあっては、作者はその実生活に小説作品の着想を得て、それらをそのまま描写することを小説を書くことであると考えた。そこでは作家の表現行為は、その実生活のあり様を本質的に捉え直して、これを表現の独自の形態と構成にまで昇華させることができなかった。私小説では、小説作品から作家の日常の顔がそのまま直接に透けて見えてくるのである。小林にとって、そのような私小説からは、作品の芸術性を見出すことはできなかった。小説が芸術へと高められるためには、作家の表現への渇望がたとえその実生活あるいは生活経験に根元をもつものであろうとも、表現の過程と成果は、作家の日常の思惟の働きとは別の位相になければならない。小林の言う「文学的リアリティ」(「林房雄の『青年』」)とは、そのような意味である。ここではまず、作家の生活とその小説作品とが厳然と区別される。

小林はまた、作家の実生活と、その表現の過程と成果が切り離される根拠を以下のように述べている。

人間の生きた感情や思想の源泉は、深く人間の個性の内部にかくれているものだし、これを源泉から汲み取って、外部で充分に発展させ、確固たる形を与える為には、小説家には仮構の世界が是非とも必要である。現実の社会生活は、そういう思想や感情が、現われようとすれば、直ぐ水を差して薄め、平均化して殺して了う様に働いているからである。

(「『ペスト』Ⅱ」)

ここには作家に限らず一般に表現者が、なぜ表現という行為に踏み込まざるを得ないのか、その必然性が明確に語られている。まず表現への渇望は、自己が生きる社会や時代の情況、そしてそうした環界のなかでの生活経験から湧き上がってくる。そして環界に対して表現者が仮に異和を感じたとしても、その人の日常の実生活のなかでは、その異和は環界からの働きかけによって宥められ、あるいは無意識の領野へと閉じ込められる。なぜなら異和を異和として表出してしまえば、場合によっては実生活が円滑に営めなくなるからである。そのようなとき、表現者にとって「仮構の世界」を形づくっていくとは、異和を異和として表出することのできる領域を紡ぎ出すことである。小林は先の引用文の直後に、「人間という存在の深処は、存在しないものによって保証されるより外はない」（同右）とも述べたが、表現者とは、そのような生の心性を不可避的に背負い込んだ者に他ならない。そうでなければ、人間の思惟の営みにとって、美的なものの創造という芸術的な営為そのものが成り立たない。ここで美とは、実生活を逆立させた表現者の夢であり、この夢を先の引用文のなかの「思想」と捉えることができる。この「思想」は、実生活との関係における「思想」であり、小林が批判してきた「意匠」としての思想とは意味が異なる。

以上検討してきた作家の実生活と小説作品との関係、あるいは実生活と思想との関係を、小林はとくにドストエフスキーのなかに見ている。

この文学創造の魔神に憑かれた作家にとって、実生活の上での自分の性格の真相なぞというものが、一体何を意味したろう。彼の伝記を読むものは、その生活の余りの乱脈に眼を見張るのであるが、乱脈を平然と生きて、何等これを統制しようとも試みなかった様に見えるのも、恐らく文学創造の上での秩序が信じられたが為である。（「ドストエフスキイの生活」）

作家の実生活がいわゆる市民社会の良識に則ったものであるにせよ、あるいはきわめて反道徳的なものであるにせよ、小説作品の世界のあり様は、作家の実生活の生態とはまったく異なった様相として表現される。ドストエフスキーの場合、その実生活は市民社会の健全さとはまったく背反した乱雑なものであったが、作品に盛り込まれた思想性はきわめて緻密で、各々の登場人物は、作者によって計算された容貌を読者の前に現してくる。表現者にとって表現された作品は、実生活がどのような性格をもつものであれ、実生活とは自律した独自の世界を構成する。作品は思想として、表現者の実生活とは異なった規範を帯びる。そこでは実生活は現実ではなく、作品世界が現実であり、実生活は仮構された、しかも虚偽の世界と捉えられる場合もあろう。このように見てくれば表現者にとって、実生活が現実に対応し、作品が仮構された世界をつねに意味しているとは限らない。なぜなら表現者は、実生活に対しても作品に対しても、その表現者に固有の独特な価値づけを施しているからである。だからこそ小林は、「一流芸術とは真の意味で、別な人生の創造であり、一個人の歩いた一人生の再現は二流芸術である」（「私小説について」）と言い切ることができたのである。表現者は、その作品のなかに価値づけされた実生活を刻み込むことによって、一方で実生活を虚構の世界であると審判する。ここで実生活と思想、現実と観念は各々入れ替わる。

作家のなかで実生活と思想、実生活と小説作品とが異なる位相と形態を取るのであれば、実生活と小説作品との間の溝は、作家のどのような心性の働きによって架橋されるのであろうか。実生活を営むのも小説作品を生み出すのも、同じ人間であれば、実生活と小説作品とは何らかの形で媒介されなくてはならない。小林は言う。

既に全く明瞭である思想に、あらためてその表現を強いる様な力は人間の内にも外にもない。画家がカンヴァスの上に色が塗られて行くにつれて自分の思想が明らかになって行くのをたしかめる様に、作家も書きながら次第に思想を明瞭にして行くのである。その点恐らく芸術家は（厳密に言うならば人間は誰でも）、自分で創り出すものの意外さに多かれ少かれ驚いているものだ。（「山本有三の「真実一路」を廻って」）

作者や芸術家に限らず、人は心のなかで思ったり考えたりしたことを他者に伝えようとすれば、まずそれを言葉によって表出しようとする。そして他者との対話のなかで、言葉になって表現された内容が十分ではないと感じれば、ふたたび言葉を重ねていく。けれども他者との対話のなかで、自己の発した言葉の内容に他者が了解の意志を示したとしても、言葉の表現は、表現しようとした自己の心のなかの思念を十全に表出し切ることはない。なぜなら心のなかの思念は、言葉によって掬い取ることのできない部分を、澱のように残すからである。それは他者との対話においては、言葉にならない呻きや沈黙として現れる。このような心性と言葉との関係は、他者との対話においてだけではなく、独り言のような自己と自己との対話においても当てはまる。そしてこうした事態に自覚的であらざるを得ないのが、表現者である。表現者は、つねにその表現の媒体を通じて心性の奥にある思念を表出しようとするが、表現された形態は、つねに思念のありのままの姿を再現することはできない。それゆえに思念の表出の試みを繰り返せば繰り返すほど、表現された形態つまり作品は、表現者の思念のありのままの姿とは異なった相を帯びてくるのである。この意味では、表現者の思念と作品との関係にあっては、双方の溝は表現媒体によって架橋されるというより、溝はますます深まっていく様相をもたらす。小林が「自分で創り出すものの意外さ」というのは、このような意味である。言い換えれば表現者の実生活の生態から生じる思念は、その表出の過程を経て結実した作品、つまり思想とは疎外された関係を結ぶことになる。

以上のように検討してくると、よく引用される一文であるが、小林が「あらゆる思想は実生活から生まれる。併し生れて育った思想が遂に実生活に訣別する時が来なかったならば、凡そ思想というものに何んの力があるか」(「作家の顔」)と述べるのは、すでに了解しやすい。けれどもここで考えてみたいのは、小林が次のようにも語っていることである。

実生活を離れて思想はない。併し、実生活に犠牲を要求しない様な思想は、動物の頭に宿っているだけである。(中略)思想は実生活の不断の犠牲によって育つのである。(「思想と実生活」)

前節において私たちは、小説の一般読者層が鑑賞しようと思う小説を選び取っていくとき、その生活経験が根元にあることを見た。そして作家の菊池寛が、生活を第一義とし、芸術創造を二義的なものと考えていることを小林が高く評価していること、さらに批評者にあっても、その作品批評の基軸を、生活者としての一般読者層の小説の読みに一歩でも近づいていくことに置いていたことも検討した。つまりは小林にとって実生活の経験を重ねていくことは、芸術創造の営みよりもずっと重いものであった。そうであれば私たちは、「実生活の不断の犠牲によって育つ」思想、実生活に対置された思想に対する小林の高い評価をどのように捉えればよいのであろうか。

ここで小林が、次のようにも述べている点に注目したい。

大作家というものを見ていると、その実生活と彼らの大きい、広い意味での思想生活というものは連続していない。連続していないということは、非常に深い意味ではむろん関連がなければならない。なければ空疎です。あるのです。けれども要するに実生活というものを大体みな卒業したというのは実生活に勝った人です。勝たなければ表現というものは成り立たぬ、そういう人です。（中略）とにかくこの世の中に人間並みに生きているだけでは足りなくなって、足りないから表現があるのですが、ただ、足りないでは足りなくて表現するわけにいかないから、実生活をほんとうに意識的に征服する。（「人間の進歩について（対談）」）

まず引用文中にある「思想生活」は、一般に芸術創造の営みとして敷衍することができる。そうであれば「広い意味での思想生活」、つまり芸術的な営為は、その淵源を作家の実生活に求めることができる。要するに実生活と芸術との関係にあっては、芸術は、実生活の確たる基盤のうえでなければ成り立たない。小林は、この点を最初に確認している。そのうえで彼は、作家とは「人間並に」生きることができない人間のことであると言うのである。先に見たように、表現者にとって作品の世界を構築していくことは、表現者が生きている環界に対しての異和を異和として、意識的に表出することのできる領域を広げていくことであった。言い換えれば表現者は、「人並に」生きていくことができないからこそ、不可避的に表現の世界へと入ってゆかざるを得ない。小林が「実生活をほんとうに意識的に征服する」というのは、作品が思想として、実生活から自律して成り立つことを意味しているわけである。もちろん生活者としての一般読者層は、芸術作品としての思想に対して、表現者のような立場性を採ることはできない。また小林にとっては、批評者も、表現者における実生活と思想との関係のような生を経るべきではない。小林は、実生活から思想が自律していく不可避的な創造の過程を、表現者がもつことのできる固有の特性として捉えている。彼はこの点において、批評者と芸術家の営為を峻別している。

実生活と芸術と思想との関係については、いくぶんかは錯綜した叙述が見受けられるが、明らかにそれらは相互に関連していて、小林の思惟のなかでは整合性を保っていたと思われる。ただ着目すべきなのは、芸術と思想とが実生活を出発点としていて、そのうえで実生活へと回帰したり、実生活とは逆立したり疎外した関係性をもつ点が明確に言われていることである。これらの点を考えれば、私たちは、小林の批評思想を評価するに際して彼の美に対する立ち位置を、たんに現実を等閑視した態度であると片づけてしまうことはできない。むしろ小林は、実生活をいったんは括弧に入れて創作する表現者に独特の思惟の動きを、そのままにそれとして見つめていく途を選んだに過ぎないのである。このように小林のたどった途を見てくると、彼の美へと没頭していく批評者としての構えが、国家や社会の事象を積極的に論じる方向性と比較してより消極的ではないかと批判することには意味がない。

吉本隆明は、「かれの自意識は霧散する過程で社会意識に出あったかもしれないが、社会思想にまで結晶する原動力をもっていなかった」（『悲劇の解読』）と述べたが、その通りである。ただ小林には、小林の生活経験からくるその自己意識の道行の宿命がある。そして方向性は異なるかも知れないが、誰でも生きている限り、その人に固有な実生活とそこから生じる宿命とを背負い込んでいる。小林は、そのような人間の生とその表現形態のあり方に、きわめて自覚的であっただけであり、社会思想や政治思想への「原動力をもっていなかった」というより、むしろそうした方向性を否定したのである。この否定の後にくる途が美への陶酔であり、虚構の世界での自由の享受であったとしても、誰がこれを非難できようか。そしてこの否定を支えているものが、小林にとっては実生活と生活経験の重みであった。小林の批評思想を考えるとき、私たちはこの点を忘れてはならない。

第九節　歴史

小林秀雄の批評思想においては、その歴史に対する考え方が強く反映している。歴史についても、小林の「意匠」批判が底流にあり、これは生活経験のなかで歴史を捉えていくことにつながっている。

一般人の歴史理解は凡て生活中心に行われているので、歴史学をどうにかして科学にしようとする様な不遜な想いから、彼等は遠い処にいるのである。（「島木健作の「続生活の探求」を廻って」）

誰も短い一生を思わず、長い歴史の流れを思いはしない。言わば、因果的に結ばれた長い歴史の水平の流れに、どうにか生きねばならぬ短い人の一生は垂直に交わる。これは歴史学ではない。歴史は、そのようにしか誰にも経験されてはいない。（「歴史」）

ここで、「科学」や「歴史哲学」が「意匠」として捉えられていることは明らかであるが、これに「一般人」、つまり生活者の「歴史理解」が対置される。ここでの「歴史理解」は、理解というより、むしろ感覚に近いものである。後者の引用文では、「歴史の水平の流れに」、「短い人の一生は垂直に交わる」と言われるが、その交わる入射角は人さまざまであり、その人に固有の生活経験によって規定されている。小林はこのように歴史と人間との関係を、歴史と一人の個としての人間との関係として捉え直し、しかも個としての人間の側からの想い、感覚を携えて歴史に入りこむ。そして個としての人間の想いや感覚は、それぞれに歴史を固有の色に染め上げていく。それは言い換えれば、その人のかけがえのない生活経験が、歴史を幾重にも折りたたんでいく独特な色彩である。小林は、このように歴史をきわめて実存的に捉えている。歴史は、人の生き様の実存へと引き寄せられる。歴史に対するこうした構えにあっては、集団としての人間が歴史の方向を変えていこうと行動する機制は、当然ながら見えてこない。この点をとらえて、小林の保守性を指摘することには意味がない。彼はむしろ、歴史の来たるべき方向を定めようとする集団としての人間行動の設計図を、ドグマ化を不可避とするイデオロギーとして、あらかじめ峻拒したからである。

小林は、一人の個としての人間が歴史を経験する実存的な感覚を、作家や芸術家の心性のなかにも見ている。

> 作家は現に生きている自己の中心部で、真に歴史に動かされ、歴史を動かし、真に歴史を理解しているのであって、一般的な歴史解釈というものを理解する事が、現実の歴史を理解する事ではない。作家にとって自我の問題が起るのはそこである。(「島木健作の「続生活の探求」を廻って」)

生命とは自我の事だ。人間とは自我の事だ。これは独断であろうか。歴史的人間という人間の解決の方が独断ではないのか。それは、先ず私自身が生きる事によって証明されるだろう。生きるとは絵を描く事だ。以来、絵画は、文化を装飾する事を止めたのである。(「近代絵画」)

ここで言われている「現に生きている自己の中心部」、「自我」とは、第六節で検討したが、イデオロギーや概念などに媒介されることのない作家や芸術家の自意識のことである。このような自意識にあっては「自我」はそのままで「自我」であるほかはなく、歴史の流れは、そのような作家や芸術家の「自我」のなかで、それぞれ固有の生活経験に沿って体感されていく。その作家や芸術家の心性にあっても生活者と同じく、「一般的な歴史解釈」あるいは「歴史的人間」といったような「意匠」は、思惟のなかに入ってこない。もちろん作家や芸術家の作品は、前節で見たように、思想として実生活とは異なった別の思惟の過程と形態を取ることになる。けれども現実の歴史に対しては、作家や芸術家は「現に生きている自己」、「私自身が生きる事」、つまり実生活の経験のなかでこれを感じ取っていくのである。作家や芸術家の美的な創造の営為が、あくまでも個的な単独者としての人間の営みであれば、歴史に対する構えも、先に見たように生活者が生活のなかで歴史を感じ取ることと同じである。そのように小林は捉えている。この意味で、作家や芸術家の生活経験において、生活者の生活経験と比べて特権的なものは何もない。芸術家としても生活者としても、まずは一人の個としての人間であって、そのような者として私たちは歴史の推移に憤り、あるいはこれを受け容れていく。そこでの感覚や直観は、その人に固有の生活経験にもとづいている。
そしてこのような生活経験は、今という現在の生き方へと収斂していく。

歴史的な物の見方というものが必要なのは言を俟たない。併しそういう見方をするのもたった今の生活に処する為の武器としてであって、たった今の生活と歴史的段階などというものの取り替えっこをする為ではない。（「戦争について」）

今という現在の生き方は、過去に生きた人びとにとっても同じである。

過去の時代の歴史的限界性というものを認めるのはよい。併しその歴史的限界性にも拘らず、その時代の人びとが、いかにその時代のたった今を生き抜いたかに対する尊敬の念を忘れては駄目である。（同右）

「歴史的段階」や「歴史的限界性」を考えるためには、歴史の推移を鳥瞰するためのある観点、方法論、つまり歴史観が必要である。そこには、歴史の推移をあるべき方向へと変えていくことを試みる歴史の未来への集団的な投企が想定されている。けれどもこのような観点や歴史観、歴史に対する集団的な投企などが、ドグマ化して個としての人間の思惟と行動に浸透し、人の心性を縛ってくることに小林はきわめて自覚的であった。そうであれば人が自由であるためには、個としての自己が時の流れのなかで、今、現在という一点においてその生を全うするしかない。ここで今、現在は、歴史の必然性などという直線的な規定性に対して対置される。今、現在は、その人に固有な生の流れという質的な規定性を帯びて、歴史ののっぺらぼうな量的な規定のなかで屹立する。小林はこの点において、歴史のなかでの人間の存在の自由を考えている。ここでも、小林の実存的な指向性は貫かれている。今、現在の自由が、来たるべき未来社会の理想のために供され、犠牲にされることは、小林にとっては愚劣であった。それは人間の本性に反することであった。

　作家についても、今、現在の生き方が問題にされている。

> 過去の立派な作品には、下らぬ作品に比べて歴史的限界性というものが一層はっきり現れているだろう。それは立派な作家は、その時代を一層痛切に生きたが為に他なるまい。そして痛切に生きたという事は彼が当時自分の歴史的限界を明瞭に意識したという事とは別事だろう。却ってその様なものに心労せず、自由に創造する力が旺盛だった事に依る。
>
> （「島木健作の「続生活の探求」を廻って」）

　批評者がある作品に対してその「歴史的限界」を読み取ることができるのは、批評者がその作品が書かれた歴史的時代を対象化して、現在と比較したうえで作品を区分けするからである。けれどもそのような視角には、当該作品を書いた作家のその時代における生の実態は入ってこない。このことは、作家の実生活と思想としての作家の小説作品とが切断されていることとは別である。作家にとっては、たとえ創作過程のなかで実生活とは異なる心性と構成をもつ作品が執筆されようとも、批評者は、まず作品から当時の作者の時代に対する生き様をまざまざと、こう言ってよければ皮膚で感じ取らなければならない。それは言い換えれば、作者の「自由に創造する力」を直観することである。けれども考えてみれば、作家が「その時代を一層痛切に生きた」ことを批評者が感じ取るためには、批評者自身もまた、彼が生きている時代を懸命に生き切らなければならないだろう。おそらく小林の時代感覚には、時代に対するそのような生き様が深く根づいていた。その生き様は、時代に抗うかそのまま受け容れるかという選択にかかわりなく、歴史の流れのなかでこれを個としての人間として、真摯に受け止めていくこと、つまり「現在に処そうと覚悟した」(「戦争について」)者である生き様であろう。そのような者にとって、歴史は決して対象化され、解釈されて終わり、というような代物ではない。

また小林の歴史に対する考え方には、一人の個としての人間が、過去の歴史を振り返ることについての独特な感覚がある。たとえば戦後の一九四九年に、小林は「戦に敗れた事が、うまく思い出せないのである。その代り、過去の批判だとか清算だとかいう事が、盛んに言われる。これは思い出す事ではない」(「私の人生観」)と述べている。「過去の批判だとか清算だとかいう事」は、小林にとっては歴史の対象化、分析、解釈であって、言わば歴史を自己から遠ざけて突き放した見方に過ぎない。小林にとって歴史の過去は、「思い出す事」である。具体的には、次のように言われる。

例えば、子供に死なれた母親は、子供の死という歴史事実に対し、どういう風な態度をとるか、を考えてみれば、明らかな事でしょう。母親にとって、歴史事実とは、子供の死という出来事が、幾時、何処で、どういう原因で、どんな条件の下に起こったかという、単にそれだけのものではあるまい。かけ代えのない命が、取返しがつかず失われて了ったという感情がこれに伴わなければ、歴史事実としての意味を生じますまい。（中略）歴史事実とは、嘗て或る出来事が在ったというだけでは足りぬ。今もなおその出来事が在る事が感じられなければ仕方がない。母親は、それをよく知っている筈です。母親にとって、歴史事実とは、子供の死ではなく、寧ろ死んだ子供を意味すると言えましょう。（「歴史と文学」）

小林は、「母親の愛情が、何も彼もの元なのだ」（同右）とも述べているが、ここで問われているのは、やはり個としての人間が、その生活経験のなかでかつて体験したことをどのような思いで想起するのか、ということである。その人にとって歴史の過程は、かつて生起したたんなる事実ではない。それは喜びや悲しみ、愛情や憎しみの感情に彩られた、その人に固有できわめて個的な「思い出」なのである。そこでは過去の出来事は、現在の感情に引き寄せられて経験され、また現在の感情は、過去の出来事をあたかも現在においてあるかのように生き生きと甦らせる。このような思惟の働きは、私たちが日常の生活のなかでよく感じるものである。そうであれば、小林にとっての「歴史事実」とは、まさに「思い出」であろう。「思い出」は、私たちの生を一貫したものにする。なぜならそれは、さまざまな感情を結び目として、過去を現在のなかで、現在を過去のなかで再生してくるからである。そこではいわゆる歴史観によって、歴史の流れが不連続となることはない。その代り歴史の過去は、個としての人間の「思い出」のなかで連続的な像を紡ぎ出す。また同時に、こうした人間の思惟の働きによって、過去から現在を経て未来へという歴史の直線的な流れは否定される。歴史は、個としての人間の思惟のうちで、過去と現在の相互の転想を介して捉え直される。

さらに小林の歴史に対する考え方には、現在の己を知ること、現在の自己認識の問題が関連してくる。つまり過去と現在の相互の転想は、人間の思惟のなかで行なわれるが、それはあくまで現在における個としての人間の思惟においてである。つまり現在の思惟がなければ、過去の思惟と現在の思惟が相互に相関わり合うことはないのである。それゆえに歴史の過去を思い出すことは、過去と関連づけて現在の自己を知ることである。過去の自己は、現在の自分のなかに重層的にたたみ込まれている。小林が学生への講義のなかで、「歴史をよく知るという事は、諸君が自分自身をよく知るということと全く同じことなのです」（『学生との対話』）と述べたのは、この意味である。また小林は、「総じて生きられた過去を知るとは、現在の己の生き方を知る事に他なるまい。（中略）こうして、確実に自己に関する知識を積み重ねて行くやり方は、自己から離脱する事を許さないが、又、其処には、自己主張の自負も育ちようがあるまい」（「本居宣長」）とも言う。ここには現在の自己認識が、自ずから現在の自己のあり方と、そこへいたる生活経験とを虚心に受け容れざるを得ないことにつながっていくことが語られている。自己史とはその人の固有の生活経験の歴史であり、これを思い出すことは現在の自己認識であった。そうであれば生活経験とは、その人の二度と繰り返すことのできない宿命であり、現在の自己もそうであれば、人はそれらを黙って受けとめるしか方法はない。人は自己の将来に希望を抱くことはできるが、その過去をもう一度生き直すことはできない。このあたりまえの事実が、小林の歴史的な感覚を基礎づけている。小林は歴史的必然性というイデオロギーを退けたが、一方で一人の個的な人間の生の営みのうちに、宿命という生きる不可避性を見つめた。その見つめる眼には、小林自身の批評的営為の宿命もまた映じているはずである。

歴史がきわめて局限された個的な人間の生活経験の積み重ねとして捉え切れるなら、小林が「刻々に変わる歴史の流れを、虚心に受け納れて、その歴史のなかに己の顔を見るというのが正しいのである」(「文学と自分」)と言うのも、きわめてわかりやすい。この一文は開戦直前の一九四〇年に書かれているが、念のために言えば、小林はもちろん国家主義者でもなければ民族主義者でもない。短期間で転変する歴史の流れを、「虚心」に受け容れるとは、現実の歴史の現われを肯定してしまうことではない。ただ彼は、戦争へひた走る歴史の渦中にあって、自己の現在の心性をその生活経験のなかで見つめ直そうとしたのである。ここで「歴史の流れ」は、個的な人間にとっての生活経験と同じように、不可避的な宿命として捉えられてはいるが、決して積極的に肯定されたうえで歴史に参画しようと考えられているのではない。

たとえば小林は、「武士が戦いを放棄し、平和時に、その身分を保持しなければならなくなった政治社会的現実」(「忠臣蔵 Ⅱ」)を論じて、次のように言う。

彼等(江戸時代の武士のこと—引用者注)は、ただ退引ならぬ世の転変をそのまま受け納れて、これに黙して処した。これは、(中略)各自の経験からすれば、彼等の胸中にあった戦国の主従の契りという不文の行動の掟の意識化を、生活の必要から強いられたという複雑な大変緊張した経験であった筈である。(同右)

ここで留意しなければならないのは、「生活の必要」である。戦いの緊張の続く戦国の世から徳川幕府治世の平和な時代への変化のなかで、武士は歴史の流れの変化による「生活の必要」にせまられて、彼らの意識と生活様式を変えていかざるを得なかった。武士たちのなかには、時代の劇的な変化を積極的に肯定したり否定したりした者もあったかも知れないが、いずれにしてもこれに「黙して処した」。一人ひとりの武士たちにとって、平和への日常生活の変化は宿命であったからである。この引用文は一九六一年に書かれているが、開戦二年前の一九三九年に、小林は「この事変に日本国民は黙って処したのである。これが今度の事変の最大特徴だ」(「満州の印象」)と述べている。事変に「黙って処した」日本国民の一人ひとりの境遇に、小林が「生活の必要」を見つめていたのは確かである。国民の一人ひとりが生活者として、各自の「生活の必要」にせまられて戦争という非常時に対処していったならば、小林もまた生活者として、戦争への時代の流れを宿命として受け容れるしかない。彼が「僕は政治的には無知な一国民として事変に処した。黙って処した」(「コメディ・リテレール(座談)」と語ったのは、この意味である。考えてみれば自己意識の外部の事象の転変は、自己意識にとってはどうすることもできない不可避の偶然である。この偶然たる宿命から、生活者は「生活の必要」という必然に巻き込まれていく。

また小林は、一九三七年に次のようにも述べている。

日頃何かと言えば人類の運命を予言したがる悪い癖を止めて、現在の自分一人の生命に関して反省をしてみる事だ。そうすれば、戦争が始まっている現在、自分の掛替えのない命が既に自分のものではなくなっている事に気が附く筈だ。（中略）国民というものが戦争の単位として動かす事が出来ぬ以上、そこに土台を置いて現在に処そうとする覚悟以外には、どんな覚悟も間違いだと思う。（「戦争について」）

ここには一人の生活者である個としての人間が、国民という共同幻想に吸収されていく過程が、戦争という非常時においては不可避な途であることが言われている。戦争は個人の自己意識の外部の出来事であり、戦争に直面してしまったことはその人にとって偶然である。不可避的なのは、個人がいやでもそこに巻き込まれていくことである。小林はもちろん民族主義者ではないので、国民という共同幻想に、小林秀雄という個としての人間のあり方を託しているのではない。そうではなくて、戦争という歴史の流れの只中にあっては、国家と国民という共同幻想が個としての人間の生活経験のすべてに浸透してくること、そしてこのような事態に対しては肯定することも否定することも意味がないことが言われている。小林はこうした文脈で「覚悟」ということを述べたのであり、そこに戦争に対する一人の生活者としてのぎりぎりの身の処し方を見ている。戦争にひとたび直面しては、生活者としての「覚悟」は必然であった。

けれどもここでも、彼の「意匠」批判が息づいていることは触れておきたい。小林は第四節で検討したように、イデオロギーとしての「意匠」から下降してきた果ての自己意識に、「意匠」に対峙する拠り所を見ていた。ここでイデオロギーとしての「意匠」とは民族主義と軍国主義であり、自己意識は、一人の生活者としての小林の意識である。小林にとって一人の生活者であることとは、表現行為として真っ向から戦争を批判することには結びつかない。小林は生活者であることで、むしろ生活が戦争よりもずっと広くて深い意義をもつことを訴えているのである。彼は、「誰だって戦う時は兵の身分で戦うのである」(同右)と言う。戦争という非常時にあっては、生活者の身分に「兵の身分」が侵入してくる。小林の場合、「兵の身分」は決して軍国主義の積極的な肯定に飛躍することはなく、生活者と「兵の身分」とが対立し合うわけでもない。小林は、生活者と「兵の身分」とが日常の生活過程のなかでごく普通の現象となっていくことに、逆説的にも軍国主義という大きな幻想性に対峙し得る抵抗線を見出しているのである。

この点をもう少し考えてみる。小林は、「日本の国に生を享けている限り、戦争が始まった以上、自分で自分の生死を自由に取扱う事は出来ない、(中略)これは烈しい事実だ。戦争という烈しい事実には、こういう烈しいもう一つの事実を以って対するより他はない」(同右)とも述べている。「自分で自分の生死を自由に取扱う事は出来ない」事態が、生活者が「兵の身分」に取られることであるとすれば、この私的な必然がまさに戦争というどうしようもない自己意識の外部の現実のあり方に対して、逆説的にも反転して批判的な姿勢を暗示するのである。そしてその背後には、国家の政策よりも広大な一人ひとりの国民の生活経験が存在しており、これが小林の抵抗線を支えている。

歴史に対する小林のこのような実存的な感覚は、以下の彼の一文に言い尽くされていよう。

過去と言い未来と言い、僕等には思い出と希望との異名に過ぎず、この生活感情の言わば対照的な二方向を支えるものは、僕等の時間を発明した僕等自身の生に他ならず、それを瞬間と呼んでいいかどうかさえ僕等は知らぬ。従ってそれは「永遠の現在」とさえ思われて、この奇妙な場所に、僕等は未来への希望に準じて過去を蘇らす。(「ドストエフスキイの生活」)

仮に、歴史の未来を人間にとって来たるべき社会の構造と形態として設計しようとすれば、私たちはまず、現在が抱えている問題の視点から歴史の過去を遡り、そこに現在の問題の解決に役立つと思われる痕跡を見い出していく。さらにそのうえで、この痕跡を現在のなかにも探索しながら、それらを異なった形態のもとで未来へと再構築していこうとする。このような歴史の設計についての人間の思考のなかにおいても、過去、現在、未来という歴史の単線的な進行は存在しない。小林に特異なのは、現在から過去へ、そして未来へという人間の思惟の複線的な働きを、人の「生活感情」や「生」といった個的な生活経験のなかで考えていく点である。そこでは「永遠の現在」が、個的な人間の思惟の流れの起点であり、過去の「思い出」も未来への「希望」も、今、現在におけるその人の直観的な想いがなければ現われてこない。私たちはここに、小林の文学者としての歴史に対する実存感覚を読み取るべきである。「思い出」も「希望」も、人によっては現在に対する絶望からも生まれてこよう。小林はおそらく、この意味での絶望を戦後にあっても胸中深く宿し続けていたと思われる。けれどもそれは、美に逃避するたんなる自我意識であると言ってしまうこともできないのである。

第一〇節　芸術家の自意識と批評者の自意識

この節では、小林秀雄の批評思想の中心へとより具体的に分け入ってみたい。問題は、批評者と芸術家とその作品との関係である。小林が批評をそれ自体一つの自律した作品にまで高めた、とはよく言われるが、すでに一九三六年に次のように述べている。

君はどんな着物を着ているかと言うのにも飽きたし、特に、自分はこういう風に着物を脱ぐと人に語るのにも飽きて来ました。そして僕は本当の批評文を書く自信が次第に生まれて来るのを感じて来ました。言いかえれば、ある作家並びに作品を素材として創作する自信が生まれて来るのを覚えたのです。(「私信」)

ここで言われている「着物」が、「意匠」であることは明らかであろう。小林は、今まで重ねてきた「意匠」批判を振り返り、いよいよ自分自身が歩むべき批評の途を進んでいきたいとする決意を述べている。その途は、まず批評者と作家や作品との間に何の媒介をもはさみ込むことなく、直接に対面することである。その批評の原則は、文学だけではなく、音楽や絵画などの芸術作品一般に対しても貫かれていく。そのようにしてはじめて、批評は一つの創造行為となり、作品として自律できると小林は考えている。そこには批評にあっても芸術の美的な創造的営為にあっても、一人の個的な単独者としての人間の自意識の動きが直接に問題となってくる。自意識は、いったん創造の行為に入ると、自意識の外部に存在する何物にも拠ることはできない。小林の言う「創作する自信」とは、批評者を含めた芸術家のこのような魂のあるべき姿の確立を述べたものである。

したがって小林が、「批評とは、当の作品と私自身との間の、出来得る限り直接な関係の明瞭化」(『現代人生論全集』後記」)と述べ、またそうであれば「先ず無私な文学的イリュウジョンを一様に強いるものは、作品そのものの力だ」(「文芸時評」)と言うのもきわめてわかりやすい。批評者と作品との間の「直接的な関係」にあっては、批評者は、あくまでまず作品からその批評の想像力を喚起されなければならない。「力」の主体は、作品である。こうした事情は、たとえば私たちが、小林秀雄の批評作品を読むときの私たちの自意識の働き方にも当てはまろう。私たちはまず、小林の批評作品と直接に対面し、その諸作品のもつ固有の「力」を感じる。そしてその「力」から生み出されてくる幾重もの波に、身を委ねようとするのである。小林はそのような感受性の働き、読み方を私たちに促している。

小林はまた、こうした「力」について、「立派な芸術は必ず何等かの形式ですばらしい肉感性を持っている」(「測鉛 I」)、あるいは「芸術は常に最も人間的な遊戯であり、人間臭の最も逆説的な表現である」(「様々なる意匠」)とも言う。芸術作品の「力」は、「肉感性」、「人間臭」を帯びて鑑賞する者や批評者の心性の奥へと訴えかけてくる。ここで小林は、芸術作品の「力」から、作品を創造した芸術家の自意識、その魂のゆらぎを感じ取ろうとしている。「肉感性」や「人間臭」といった表現は、小林が芸術家の自意識の動きを感覚的に、あるいはこう言ってよければ身体的につかみ取ろうとしていたことを表わしている。「意匠」としての概念や観点、方法論を厳しく排したところに現れた批評の真髄は、ここでは身体的な感覚と言えるものである。小林は作品を通してその作者の感受性に、小林自身の感受性をもって感応し、共振しようとする。小林は芸術家の体温に触れるために、小林自身の熱感度を高めようとする。

小林はたとえば、志賀直哉の小説作品を論じながらこんな風に語る。

私は眼前に非凡な制作物を見る代わりに、極めて自然に非凡な一人物を眺めて了う。これは（中略）、氏の作品が極端に氏の血肉であるが為だ。氏の作品を語る事は、氏の血脈の透けて見える額を、個性的な眉を、端正な唇を語る事である。（「志賀直哉」）

一読して明らかなように、志賀直哉を論じる小林の眼は、まさに志賀の「肉感性」、「人間臭」に注がれている。それはあたかも志賀の独特な容貌が、小林の眼前にせまってくるかのようである。小林の批評思想が向かう最も強い関心は、芸術家の生そのものであったといっても間違いではない。このことが、志賀直哉という作家の肉体の顔を思い浮かべる小林の感慨において表現されている。「作品の背後には、いつも生きた人間が立っている」（「横光利一」）と小林は述べたが、仮にその「生きた人間」が見えてこないような作品は、小林にとって批評の対象とはならない。逆に言えば、あくまで「生きた人間」が問題なのであって、作品はその作者の自意識、生き様の魂に肉迫していくための通路であろうか。芸術作品は、その創造の過程で、芸術家の自意識の流れを幾重にも曲折させる。しかし批評者がその曲折の起伏を虚心にたどっていけば、批評者はかならず芸術家の自意識の流れに触れることができる。小林の批評は、そのような確信のうえに成り立っている。その確信は、信仰に近いようなものにも思われる。

批評がこのような途をたどるのであれば、批評しようとする芸術家やその作品に対する批評者の関心は、たんなる関心以上のものでなければならない。そうでなければ批評者は、芸術家の魂のゆらぎにまで踏み込み、これに全的に身を委ねることができない。たとえば小林は、次のように述べている。

あらゆる意味で、作家の制作とは感動の化学なら、これを感動の世界で受けとって計量するのが順序である。ほんと言えば批評はもう其処で終っている。(「批評家失格　I」)

画家が花を見るのは好奇心からではない。花への愛情です。愛情ですから平凡な菫の花だと解りきっている花を見て、見飽きないのです。(「美を求める心」)

小林は、「仕事の動機のうちに、愛とか信とか呼ぶべきものがないと、どうも仕事がうまく行かなかったように思える」(「『現代人生論全集』後記」)とも言う。人が芸術作品を鑑賞して、何かを少なくとも積極的に語ろうとするのは、その作品に心を動かされたときであろう。そんなときに人は、その思いを他者に伝えて、自分の心の高ぶりを他者とともに分けもとうとする。作品に対してとくに興味がもてなければ、人はその作品について多言を費やそうとは考えない。あるいはそんな作品については、長く記憶に残らない。このようなことは、私たちが小説、映画、絵画、音楽などを楽しむ日常の生活のなかでよく経験する。小林は、普通の生活者が芸術作品に接するときのさまざまな印象や感慨を、ここでも自己の批評の原則として一義的なものと考えている。それが「感動」、「愛情」、「信」といった言葉に表されている。筆者自身の過去の経験で言えば、教壇に立って学生に何かを伝えようとするとき、筆者が夢中になって取り組んでいるテーマに話が及ぶと、学生諸君の眼が急に輝いてくるのである。この体験には筆者は多少とも驚かされたが、それは自分が没頭しているテーマに対する小林の言う「愛情」が、話を聴く相手に直に響いていったものとも思われる。小林は「批評対象への評家の愛着の深浅」(「後藤亮『正宗白鳥、文学と生涯』」)とも述べるが、「愛情」や「信」を直感で感じれば、批評者の熱意は批評者をその批評対象の内奥へと自ずから駆り立てていくのである。

小林は、批評の対象を「愛情」をもって論じた例として、谷崎潤一郎が永井荷風の「つゆのあとさき」を論じた「永井荷風氏の近業について」をとくに挙げている。そこで小林は、「氏の批評を読み、まず心を打たれたものは、氏が「つゆのあとさき」を批評しようとして、なんと「つゆのあとさき」を愛しているかという事である」(「純粋小説というものについて」)と述べ、次のように言う。

私が氏の批評文から明瞭に感得したと思った氏の眼の色合いというのは、(中略)一と口に形容するならこれこそ純粋なという眼の色合いなのだ。(中略)それは氏の批評の態度が批評家の態度ではなく純然たる作家の態度であり、そしてこの作家の眼がいかにも純粋なものだというのだ。ではこの純粋な眼が何を見つけたか。永井氏の作家的態度、即ち

永井氏の眼をみつけた。(同右)

小林はまた、「氏の批評文では明らかに氏の純粋な眼が永井氏の純粋な眼を創造している、と私には考えられる」(同右)とも述べている。ここで小林の言う「批評家の態度」とは、批評対象の内容に分析を加えて分類、区分けし、これらを批評主体から客観的に距離を取って対象化し、整理する態度のことである。そして小林がこうした「批評家の態度」に対置したのが、作家の「純粋な眼」である。この「純粋な眼」は、批評しようとする作品のなかに自己の自意識とともに触れ合い、響き合う作品の作者の「眼」を見い出す。小林は先の引用文の直後に、「真の発見はいつも創造と同じ事を意味する」(同右)と述べたが、作品の作者の「眼」は「発見」され、まさにこの「発見」が「創造」であると小林は確信する。批評が同時に美的なものの創造として自律するためには、批評者の自意識の「純粋な眼」が、作品の作者の自意識の「純粋な眼」と出会わなければならない。小林は、谷崎潤一郎の作家としての「眼」が、永井荷風の作家としての「眼」を「発見」し、相互に共振し合っている様を、谷崎の「永井荷風氏の近業について」という批評文のなかに直感したのである。批評者としての小林秀雄の「眼」は、谷崎と永井の「眼」と出会い、それらの「眼」に寄り添うことで、小林の批評の魂は息を吹き込まれる。小林は谷崎の批評のなかに、自己が歩み込むべき批評道の先達を見ているのである。言い換えれば谷崎の作家としての「眼」に、批評者としての自己の「眼」を重ね合わせ、そこに批評が作品として自律する契機を感じ、これを模倣しようとしているのである。

このような意味で批評者は、同時に芸術家の「眼」、その魂をもあわせて携えながら、批評の対象に対面しなければならない。そしてそうであるためには、批評者は、批評の対象に「愛情」をもっているはずである。批評者はやはり、批評する前にその作家や作品が好きになる。そうでなければ批評者は、芸術家やその作品について身を挺して筆を取ろうという気が起らないであろう。このことはまた、筆者も折に触れて実感している。

先にも引用したが、「先ず無私な文学的イリュウジョンを一様に強いるものは、作品そのものの力」（「文芸時評」）であり、さらに「作品の背後には、いつも生きた人間が立っている」（「横光利一」）とすれば、小林が、「作の魅力に、率直に捕えられるとは、作者自身のうちに入り込み、その創作行為の模倣に誘われるという事に他ならないからだ」（「里見さんの仕事」）と述べたことは、その批評の途の必然であろう。批評は、まず作品を通してその背後に見えてくる作者の自意識、思念の動きを探り、その自意識のゆらぎの起伏を率直にたどっていく。小林の考える批評の本義がそこにあるとすれば、批評は、作者の思念の軌跡を忠実に追跡しながら、その行程を表現することに尽きるわけである。小林がこのような批評思想にたどり着いたのは、やはり人間の生に対する彼の飽くことなき愛情からである。小林は人間の生きる生態そのものにこそ、強く魅了されたのである。それは他者である芸術家の生だけではなく、これに引き寄せられる小林自身の自意識のあり方、その生の軌跡への強い自省の念にも支えられている。言い換えれば小林は、自己の自意識と生を重ね合わせるように、芸術作品とその作者を丸ごと追体験しようとしたのである。その接触面で、小林とその批評対象である芸術家とその作品は一体となる。小林が芸術家の作品を通して芸術家の自意識を語ることは、そのまま小林の自意識を語ることであり、その語りがまさに批評を作品として結晶化させていくのである。

それゆえにこそ、小林は次のように述べたのである。

ボオドレエルに不健康性、葛西善蔵に酔漢、などという符牒をはっている様なケチ臭い自意識では文芸批評なんか出来んのである。彼等に美を感じるか、感じないかなどという甘ったれた問題にさまよっていては駄目なのである。彼等の作品というあるがままの存在があなた自身の自意識の完全な機能とならなければ駄目なのである。（「アシルと亀の子Ｉ」）

芸術家の自意識を語ることがそのまま小林の自意識を語ることであるとすれば、逆に言えばそれは、小林の自意識が芸術家のあるがままの自意識へと投影されることである。小林の自意識は、芸術家の作品へと鋭く切り込むが、その刃は、いやおうなく芸術家の自意識にねじ伏せられていく。小林の自意識の刃は、芸術家の自意識の波に飲み込まれていく。こう言ってよければ、小林は芸術家の自意識に取り憑かれる。そうであれば、先の引用文の論旨はきわめて明快である。たとえば人がある小説や批評を読み、あるいは映画を鑑賞するとき、自分の人生をそれらのストーリーに重ねたり、自分の過去の思い出を作品のなかのエピソードから想起したりすることがある。とりたてて批評者でもない普通の鑑賞者のこうした体験からも、「作品というあるがままの存在があなた自身の自意識の完全な機能」となっている事態を容易に想像することができる。私たちは自分の人生とその環境のあり方を、知らぬ間に芸術作品のなかに読み取っているのである。そこにはおそらく、鑑賞者の自意識と芸術家の自意識とが響き合っているのであろう。そしてこうした経験は、批評者であっても同じである。小林は芥川龍之介の「河童」に言及しながら、「ここに作者の宿命の主調低音が聞こえるのだ。ここに到って批評をするものは批評が君自身の問題となって来るという事を悟るであろう」（「測鉛　Ⅱ」）とも述べている。「作者の宿命の主調低音」とは、まさに批評者の「宿命の主調低音」に他ならない。二つの魂の二つの宿命が、共鳴し合う。

もちろん小林は、以上のような批評思想を具体的な作家論のなかで実践している。先に見た「創作行為の模倣に誘われるという事」（「里見さんの仕事」）がとくに顕著に表現されているのは、ドストエフスキー論と本居宣長論である。けれどもここで検討しておきたいのは、小林が批評対象とした作家のうち、「創作行為の模倣」の側面だけではなく、その作家の自意識の働きと「創作行為の模倣」の側面との関係に彼が言及している点である。つまりその作家が、批評対象とした作品の「創作行為の模倣」に誘われていく事態と、作家自身の自意識の現われとの関係である。本居宣長の作品「玉勝間」と「古事記伝」を論じるなかで、小林は述べている。

「玉勝間」での「あはれ」と見るという言い方は、「古事記伝」では「直く安らか」と見るとなっている。それだけの違いなのである。神を歌い、神を語る古人の心を、「直く安らか」と観ずる基本の態度を、彼は少しも変えない。彼は、この観照の世界から出ない。彼の努力は、古人の心に参入し、何処までこの世界を拡げ深める事が出来るか、という一と筋に向けられる。言わば、それは自照を通じての「古事記」観照の道だった。（「本居宣長」）

この一文からは、小林の批評思想には、二つの大きなパーステクティブがあることがわかる。それらは、明らかなように「観照」と「自照」である。「観照」とは「創作行為の模倣」の側面であり、具体的には「古人の心に参入」すること、宣長の言葉で言えば「あはれ」と「直く安らか」の心的な境位である。そして「自照」とは、作家自身の自意識の現われ、小林の言葉で言えば「批評が即ち自己証明になる」(「中野重治君へ」)、あるいは「批評するとは自己を語る事」(「アシルと亀の子 Ⅱ」)の側面である。「自照」に比べれば、「観照」の側面に重きが置かれていることは言うまでもない。「自照を通じての「古事記」観照の道」とは、宣長が一方で自己の生き様と自意識の道行を顧みながら、他方で『古事記』に表白された「古人の心」に自己を託していくことでる。

宣長によるこのような『古事記』の読みは、小林が宣長の「玉勝間」や「古事記伝」を読む小林自身の読み方でもある。宣長が「古人の心」を模倣しようとしたように、小林は宣長の心を模倣しようとし、宣長とともに遠く「古人の心」に想いを馳せている。小林のこのような批評の途は、作家に限らず、その他の芸術家一般に対しても実践されている。批評者の自意識は、芸術家の自意識へと溶解していく。小林はそのような没我の心的なあり様に、批評することの幸福を感じ取っていたのではないだろうか。小林の批評の流れは、芸術作品の放射してくるさまざまな陰影をそのままの形で受け容れ、これを享受し尽くすことだけに注がれている。小林にとっては、批評がその他のことに言葉を費やすのはまったく余分なことであり、それはすでに批評ではあり得なかった。

現在において、ロラン・バルトやジャック・デリダなどのテクスト論に対する批判の文脈で、作品の読みから作者へせまろうとしたのが加藤典洋である。加藤は、「わたし達がふつうに行っている読みを反省してみれば、わたし達は、その作者について何一つ知らなくとも、その作品から作者の「思い」といったものを受けとる気がすることがある。（中略）しかしわたし達は、現実の作者については何一つ知らない。材料としてはただテクストを読んでいるだけなのである。だからわたし達は、こう考えるべきだ。それは、「作者」ではない、テクストがわたし達に送り届けてよこす「作者の像」なのだ」（『テクストから遠く離れて』）と述べ、次のように言う。

「作者の像」という考えを導き入れれば、（中略）それがテクストの読解をつうじてはじめて現われる像である点、テクスト読解に先行して存在する従来の作者還元主義批評の「作者」とも完全に異なっている。（同右書）

必要なことは、（中略）言表行為のなかで「作者の像」をとらえ、受けとることだった。読者が、ある作品を読み、ここをこう作者が書いているのは、かくかくの理由からではあるまいかと感じることには、文学理論に先行する、権利があるのである。（同右書）

仮に小説の読者がその小説の作者と知り合いであったりすれば、読者は、小説を読みながら作者の言動を思い浮かべ、小説のなかに表現された登場人物の自意識や思念の流れと作者の実際の言動とを比較しながら、作者の意図を推測することができる。このとき作者の実際の言動と、小説となって表現された作者の思惟の様態との相違に注意を促されることもあろう。そしてそのような相違は、かえって小説の内容に対する読者の理解を深めていく要因となる。けれども批評者であっても、そうではない読者にあっても、普通読み手は作者を知らない場合がほとんどである。そのような場合、読者は加藤の言うように、小説を読むことだけから小説に表現された見知らぬ作者の「思い」を感じ取っていくしかない。それはもちろん実際の作者の言動ではなく、小説という形態を取って表現された作者の思想である。そして第八節において検討したように、作者の思想とその実生活とは、各々異なった規範を帯びているのである。そうであれば読者が小説から感じ取るのは、作者その人の姿や形ではなく、作者の思想、言い換えれば加藤の言う「作者の像」である。小林もまた、ドストエフスキーや本居宣長を見知っていたわけではない。小林が彼らの残した諸作品から読み取ろうとしたのは、このような意味での「作者の像」であり、また「作者の像」は、ただ作品の文体の流れに身を委ねることで自ずから小林の眼前に現れ出るものであった。

さらに加藤の言う「文学理論」は、小林の批判する「意匠」に相当する。加藤の場合、その「意匠」は、バルトやデリダの唱道するテクスト論である。加藤は、批評者や普通の読者がテクスト論という「意匠」から離脱し、小説作品と直接に対面すべきであると促している。そしてこの点を読者の「権利」とも述べ、強く主張している。加藤の『テクストから遠く離れて』は、第七節でも言及したように二〇〇二年から二〇〇三年にかけて書かれているが、私たちは加藤の著作に、時代を隔てて小林の「意匠」批判が繰り返されているのを見ることができる。

また批評者の自意識が、芸術作品から感じ取られた芸術家の自意識の波のなかへと溶け込んでいくなら、その果てに批評者の自意識は、批評行為において痕跡を残すこともなくなる。小林は、これを「無私」と言う。

有能な実行家は、いつも自己主張より物の動きの方を尊重しているものだ。現実の新しい動きが看破されれば、直ちに古い解釈や知識を捨てる用意のある人だ。物の動きに順じて自己を日に新たにするとは一種の無私である。批評の客観性というものも、この種の無私から発するものである。（「無私の精神」）

ここで言われている「古い解釈や知識」がドグマ化すれば、「意匠」となる。小林は「意匠」から果敢に離脱して下降することのできる人を、「有能な実行家」と呼ぶ。「有能な実行家」は、「意匠」に煩わされることなく現実を直視し、現実が繰り出してくるさまざまな課題を受け止め、これらに柔軟に対処していく。そのためには「実行家」は、転変する現実の動きに対して直接に、しかも虚心に、つまり「無私」の態度をもって対面しなければならない。そのような「有能な実行家」の姿に、小林は批評者の歩むべき批評の途を重ねて見ている。「有能な実行家」にとっての現実は、批評者にあっては、眼の前の芸術作品である。芸術作品とこれを創造した芸術家の繰り出してくる自意識の波の流れに対して、批評者は「無私」の心的な境位で臨まなければならない。そうでなければ批評者は、芸術家の自意識の波に乗り切ることができない。このような意味で、「有能な実行家」の現実に対する眼は、批評者の芸術作品に対する眼と異なるところがない。小林の批評思想は、サーファーが沖から次々と押し寄せてくる波に少しでも長くうまく乗っていこうとする、そのサーファーと波との調和に譬えることもできる。サーファーは波に対して無心に、つまり「無私」に対面している。

小林は「無私」の心的な境位を、たとえば「主張の断念という果敢な精神の活動」(「批評」)とも述べているが、芸術家の創作態度のなかにもこのような境位を見ている。彼がとくに注目したのは、画家である。小林は、日本画家の奥村土牛の画集「土牛素描」の「あとがき」のなかの土牛の一文、「私は写生をしている間が一番楽しい。それは、無我となり、対象に陶酔出来るからである。(中略)それが重なって制作につながってくるのである」(「土牛素描」)を引用して、以下のように述べている。

奥村さんの言葉を辿れば、奥村さんにとって、素描とは、物の形ではなく、むしろ物を見る時の心境の姿という事になる。更に言えば、物に見入って、我れを忘れる、その陶酔の動きから、おのずと線が生れ、それが、無我の境に形を与える、そういう線の働きという事になるようだ。(同右)

風景を写生するとき、奥村土牛は自然と対面して、自然の姿、形、色彩の様態に自意識を集中させるが、その自意識の働きが、いつの間にか自意識の存在を忘れさせるのである。言い換えれば、土牛の自意識は自然に浸透され、自意識はゆさぶられながら自然そのものに置き換わってしまうのである。たとえば無我夢中という言葉があるように、私たちは何かに熱中して取り組んでいるとき、その時間だけは他のことを忘れている。普段なら、さまざまな事柄に注意を向けて働いている私たちの自意識の機能は停止し、意識の方向は没頭しているものだけに向けられている。そこでは自意識は、自己であるという意識の地平を消し去られている。画家も絵を描くときは同じような心的境位にあり、小林は、批評家の自意識も批評の対象に対面しているときは、その対象に支配されて「無我」の境地にいたらなければならないと考える。画家が美を創造するときの自意識がたどる過程は、批評家が批評するときの自意識がたどる過程と同じであり、そうであってはじめて、批評は美的創造の作品として自律することができるわけである。小林が、ゴッホの手紙のなかの「自然が実に美しい近頃、時々、僕は恐ろしい様な透視力に見舞われる。僕はもう自分を意識しない」(「近代絵画」)という一文を引用したのも、以上のような意味からである。ゴッホもまた、自意識を滅ぼしてくるような自然の偉力の前にひれ伏している。

小林は、芸術家の自意識のあり方に、批評家のあるべき自意識の範を求めた。自然や芸術作品を前にして、自意識が消え去る運命にあるとすれば、私たちはただ沈黙するしかないだろう。芸術家や批評家にとっての沈黙の問題は、この一連の論考の最後に言及することになる。

第一一節　「見る」ことと「聴く」こと

前節の末尾では、芸術家が美的な創造のための対象に、そして批評者が批評対象としての芸術作品に対面するときには、その自意識は対象のもつ力に吸い込まれて「無私」、あるいは「無我」の心的な境位にいたることを検討した。小林秀雄はまた、「芸術家にとって最も驚くべきは在るが儘の世界を見るという事である」（「芥川龍之介の美神と宿命」）と言い、さらに「あるが儘に見るとは芸術家は最後には対象を望ましい忘我の謙譲をもって見るという事に他ならない」（同右）と述べている。小林はここで、「忘我の謙譲」つまり「無私」の心的な境位を、芸術家の「あるが儘に見る」という行為に結びつけて考えている。

言い換えれば「忘我」、「無私」という芸術家の自意識の動きの過程、その内的な心性のあり方は、「あるが儘に見る」という身体的な動作、外的な行為への現われとして捉え直されている。さらに言えば「忘我」、「無私」の心的な境位は、たんに「見る」のではなく、対象を「あるが儘に」見ることで、はじめて達することのできる境地である。対象をそれが現われてくるそのままの形で受け容れなければ、芸術家の自意識は、対象のうちに溶け込んでいくことができない。対象は、芸術家の自意識によって捻じ曲げられてはならない。小林の言う「あるが儘に見る」とは、そのような意味での「見る」である。もちろん「無私」の心的な境位は、「見る」だけではなく、「聴く」という行為によっても経験されるであろう。小林は音楽にも批評の領域を拡大していったが、彼は「聴く」ことにもまた、「見る」ことと同じ「無私」の境地を体験していたと思われる。いずれにしても小林は、「見る」ことにおいて、「無私」の境地をより具体的に捉えている。

興味深いのは、小林が「見る」ことを、実際の身体上の行為としてだけで考えているのではないことである。彼は、学生に対する講義のなかで次のように言う。

日本語には〈心眼〉という面白い言葉があるじゃないか。歴史は、諸君の肉眼なんかで見えるものじゃない、心眼で見るんだよ。（中略）僕の肉眼は、僕の心眼の邪魔をしているんだ。そして、心眼が優れている人は、物の裏側まで見えるんだ。（中略）本当に生きた眼というのは、肉眼の中に心眼が宿っているんです。（『学生との対話』）

小林は別の箇所で、「無私な一種の視力だけが、歴史の外観上の対立や断絶を透して、決して飛躍しない歴史の持続する流れを捕えるのではないだろうか」（「天という言葉」）とも述べている。ここでは「見る」対象が芸術作品ではなく、補足することがより困難な「歴史」が対象とされている。歴史の流れの実際は、混沌とした矛盾に満ちており、出来事が現われてくる通りに、そのままに受け容れることがなかなかできない。人間はどうあっても歴史の突飛な流れに整合性をもたらすために、ある概念や観点、方法論をもち出して、歴史をそれらに当てはめて解釈しようとする。もちろん小林は、このような歴史をめぐる「意匠」にもとづいた分析や解釈を退ける。そして芸術作品のような眼の前にある固定した対象とは異なって、こうした歴史のような一連の時の流れを対象とする場合は、「肉眼」による「見る」という身体的な行為ではなく、〈心眼〉をもって歴史を見るべきだと、小林は言う。けれどもこの〈心眼〉が働くためには、やはり意識のある程度の自覚的な構えが必要であろう。なぜなら歴史は、これを眺める人びとに対してあるイデオロギーや方法論へと誘う強い力を秘めているからである。そしてそれらに寄りかかろうとしないためには、そのぶん自意識の意識的な牽引力が必要となってくる。つまり自意識は、完全な「無私」の境地へといたることなどできないのである。「肉眼」にせよ〈心眼〉にせよ、もともと人間が生きている限り、自意識を残らず滅却してしまうことは不可能である。だからこそ小林は、次のように述べたのである。

人間は、正確に見ようとすれば、生きる方が不確かになり、充分に生きようとすれば、見る方が曖昧になる。誰でも日常経験している矛盾であり、僕等は永久に経験して行く事だろう。（中略）見る事と生きる事との丁度中間に、いつも精神を保持する事、どちらの側に精神が屈伏しても、批評というものはない。これは理智の上の仕事というより、寧ろ意志の仕事である。（「イデオロギイの問題」）

引用文に表わされているような心性のあり方は、小林も指摘しているように、私たちが普通の日常生活のなかで経験している事態である。生きることは、自己を取り囲む環界に対して意識をさまざまな方向へと振り向け、それらにある意図をもって対処していくことである。そこでは自意識は、それらの対処行動を促す自意識を自意識であるとは意識しないが、自意識が「無私」の心的な境位にあることはない。自意識は活発に周囲を見渡し、「無私」のうちに一点を凝視することはない。自意識が一点を見つめたままで動かなければ、あるいは自意識がその極限の地点で完全な「無私」の境地に入ってしまい、その境地を持続させていくのであれば、その心的な境位は狂気と呼べるものである。人間は狂気のうちに、日常の生活へと戻ることはできない。このような人間の生の実態を踏まえて、小林は「見る事と生きる事との丁度中間」の地点に、批評の営為を定めたのである。これは「見る事と生きる事」との間に、一つのバランスを取ることでもあるが、もちろん小林にあっても私たちにあっても、重きは「生きる事」の方に置かれている。「生きる事」の土台がなければ、「見る事」はかなわない。自意識の拠って立つところが生活経験であることは、第六節で検討した通りである。小林が批評は「意志の仕事である」と述べたのは、人間のそうした「生きる事」にまといつく自意識の悲しみを表白したものではないだろうか。そしてその自意識の悲しみのうえに、小林の考える批評の陶酔が現われているようにも思われる。

そして小林は、「見る」ということについて、もう一つの問題を提起している。彼はゴッホの「アルルのゴッホの寝室」、あるいは「ゴッホの椅子」と題された絵について、以下のように言う。

椅子は、画家の凝視に堪えられず、日常生活の裡で与えられたあらゆるその属性を脱し、その純粋な色と形と構造とを露わにし、画面の中で新しい生を受けている様だ。都会人の、或は百姓の、いや誰の所有物となる事も肯じない椅子という性格が現れて来る様だ。そして、それは、この画家の無私な視覚が捜し求めた様式そのものの様に見える。(「ゴッホの手紙」）

画家に限らず、人はある対象を「見る」とき、その対象をある固定した枠組みのなかにピンで留めるように見ている。それは対象に付与された目的に応じて、対象を我が物にしようとするからである。たとえば一つの椅子を見る場合でも、立っているのに疲れた人が座るために椅子を「見る」のと、画家が描こうとして椅子を「見る」のとは違う。つまり対象は目的に応じて、「見る」者の観点のなかで標本のように固定され、分類されてしまう。小林はおそらくゴッホの椅子の絵のなかに、人間が対象を「見る」ときの、そのような対象を縛る自意識の限界を超える「視覚」を見い出している。「誰の私有物となる事も肯じない椅子」とは、対象が目的に応じて分割されることのない、そして対象をそのように分類する自意識が限りなく縮減されていく事態を、対象の側から述べたものである。けれども繰り返すが、私たちは自意識が限りなく縮減していくように努めることはできるが、生きている限り、自意識が消滅してしまうことはない。自意識が消滅するのは、狂気か死のときであろうか。このように考えてくれば、「無私」とか「忘我」とかいった心的な境位は、自意識がなくなってしまうことではなく、自意識の自意識としての存在が対象のあるがままの姿や形に身を任せ、それを忠実にたどっていく行程に尽きることになる。

これは小林が、志賀直哉を評して「小説家の眼というより、むしろ画家の眼だと思います」（「大作家論（対談）」）と述べ、別の箇所で志賀の眼を「決して見ようとはしないで見ている眼である」（「志賀直哉」）、あるいは「見ようとすれば無駄なものを見て了うという事を心得ている」（同右）

と評価したことと関連している。小林は、「見る」ことで対象が放つ光の自由自在さを妨げない眼を、志賀の眼のうちに読み取ったのである。ゴッホの眼にせよ志賀の眼にせよ、彼らの眼は、対象を自己の自意識の足元に引きつれてくることはない。対象は、その姿や形をそのままに現してくる。ゴッホの眼も志賀の眼も、対象のそのような自在さを、能う限り可能にするような眼である。小林がゴッホや志賀の眼にあって指摘した「見ようとはしないで見ている眼」とは、「見る」者の自意識の軛から対象をも自己をも解放するような眼である。これはあくまでも理念的な「眼」であって、自意識はやはり「見よう」として見てしまう。もちろん小林は、この点にも気づいている。批評は結局、「見よう」とすることと「見ようとしないで見ている」こととのバランスであり、そのバランスのなかで、批評者は前者から後者の心的な境位に接近していかなければならない。

むしろこうした文脈においては、「見る」ことよりも「聴く」ことの方が、小林が考える理念的な「眼」のあり方に近いように思われる。「見る」ことは、その対象を目的の達成のためにどうあっても枠づけて支配しようとするが、「聴く」ことは、音の絶え間のない流れのゆえに、自意識にとって枠づけてしまうことが不可能だからである。私たちは「見る」ことで対象を「所有」しようとするが、「聴く」ことにあっては、対象はそうした「所有」を逃れていってしまう。私たちは「見る」ことで対象の一瞬の「所有」を目論むが、音の流れは、そのような「所有」の対象とはなり得ない。自意識は、ただひたすら音の流れの波に乗ることだけを強いられていく。このような心性のあり方は、日常の生活のなかで、好きな音楽を聴いているときの気持ちを想起すれば実感的に了解できるはずである。「聴く」ことは「見る」ことよりもはるかにたやすく、自意識を「無私」の境地へと誘うことができる。このことは、批評者にとっても同じである。音楽批評は、この点で他の芸術作品を対象とした批評に比べて、鑑賞している最中の心的な境位を言葉で表現することのより困難な領域であろう。あるいは小林は、「聴く」ことも「見る」ことと同じ感覚的な機能のうちに捉えようとしていたのかも知れない。

「聴く」ことに関連して、小林はモーツァルトを論じながら「彼の自意識の最重要部が音で出来ていた事を思い出そう。彼の精神の自由自在な運動は、いかなる場合でも、音という自然の材質の紆余曲折した隠秘な必然性を辿る事によって保証されていた」（「モオツァルト」）と述べている。小林はここで、批評者が音楽を「聴く」その心的な境位、つまり「聴く」ことにおける「無私」の境地を、モーツァルトの作曲する自意識のうちに見ている。モーツァルトは、音の絶え間のない流れにひたすら耳を委ねていくことで、「見る」ことにおける「眼」の理念、その「無私」と同じ境地に達している。このように「聴く」こと、作曲することで、モーツァルトの自意識は解放され、音もまた、その自由な旋律を得る自在さを発揮して解放される。小林はとりたてて「見る」ことと「聴く」ことを区別して捉えてはいないが、少なくともモーツァルトという音楽家のうちに、「見る」ことの「無私」を重ね合わせていたのではないだろうか。この意味では小説家も画家も音楽家も、小林の批評にとっては、「無私」の境地へと向かう同じ土俵の上に立っている。「見る」ことと「聴く」ことにあって、「無私」の心性は、身体的な次元において捉え直されている。

第一二節　直観と分析

前節では「見る」ことと「聴く」こと、とくに「聴く」ことにおいて、芸術家も批評者も「無私」の心的な境位に近づいていくことを論じた。小林秀雄はさらに、「見る」ことと「聴く」ことを、感覚の問題に関連づけて述べている。「見る」ことについては、青山二郎との対談のなかで次のように言われる。

眼で見る哲学、眼で見る宗教、眼で見る文学、君はそういう事を言っていたが賛成だね。感覚から入って来る通り道だ。その通り道を皆忘れちゃうんだよ。一足飛びに理解しちまうんだ。つまりその通り道というところに個性があるのだからねえ、（中略）何もかも感覚を通して入って来るのだからね、ただそれを忘れちゃうんだよ。（「『形』を見る眼（対談）」）

「聴く」ことについては、「実感は、丁度音楽で或る簡単なテエマが、そのまま持続して、極めて自然に複雑に展開して行く様に、思想のシステムのなかに拡る」（「アラン『大戦の思い出』」）と述べられる。ここでは「見る」について、肉眼で「見る」という身体を介した行為として考えられているのではなく、むしろ心眼としての「見る」が言われている。小林は哲学、宗教、文学といった人間のさまざまな思惟の働き、その結実した形態を、ある特定の具体的な姿、形をもつものとして捉えていくべきであると説いている。そして具体的な姿、形を「見る」ことの入り口が、小林の言う「感覚」、あるいは「聴く」ことによって生じきたる「実感」である。小林は別の箇所で、「感覚力は、その独特の直観に基く視力の方向を独力で行くのである」(「常識について」)とも述べたが、「見る」ことは、つまるところ「感覚」や「直観」に基礎づけられる。そして「感覚」、「実感」、「直観」は、「理解」することに対置される。言い換えれば批評は、頭で考えて「理解」することが本義ではなく、まず「感覚」や「直観」といった身体的な感応が最初に来なければならない。「見る」対象や「聴く」対象が批評の対象であれば、それらの対象は、批評者に対して瞬時の「感覚」や「直観」で応じるようにせまってくる。この意味でも、主体はあくまで批評の対象であって、批評者ではない。

こうした事態は、小林にとって絵画や音楽においてだけではなく、文学にあっても当てはまることであった。小林は文学作品に対しても、そこに具体的な姿や形を「直観」しようとする。それは、文学作品に表現された作者の自意識の流れに忠実に沿っていくことで、あるイメージを喚起していくことである。つまり小林の批評の理念は、批評対象によって異なるものではない。たとえば彼は、「段々文学といふものが、形で見たり触れたりして感ずる美術品のやうに見えて来る」(『近代の超克』)と述べている。ただ絵画や音楽の方が、文学作品に対しているときよりも「感覚」や「直観」の働きが強くなってくるということはあろう。いずれにしても小林は、「見る」ことと「聴く」ことの基底に身体的な感応を置いた。この身体的な感応は、かならずしも現前する肉体の実際の動きを意味しているとは限らないが、少なくとも肉体の現象へと直接につながる心性のゆらぎを示している。

小林が、作家のなかに「感覚」と「見る」ことの関連を探っている例に、ポール・ヴァレリーがある。

彼は感覚の与件に固執した。一枚の木の葉を感ずる様に、一個の言葉を、いや様々な意見、様々な思想のシステムを感じようと努力して来た。肉眼の機能を練磨し、これをそのまま精神の視力と化そうと努力して来た。(「『テスト氏』の方法」)

明らかなように小林は、ヴァレリーの自意識の動きに、画家が「一枚の木の葉を感ずる様に」、画家の「肉眼の精神」を重ね合わせている。画家が対象を見る「肉眼」は、ヴァレリーが「思想」を見る「精神の視力」、つまり心眼となる。ヴァレリーの心眼は、「言葉」や「思想」のなかにあるイメージを作り出し、これを小林は直視しようとしている。小林が批評対象であるヴァレリーの「テスト氏」を「見る」心眼は、そのままヴァレリーが「テスト氏」を創造していく心眼である。この心眼の働きの本質は、「感覚の与件」に対する直観である。作家の自意識と批評者の自意識とが重なり合う心的な境位は、直観である。また小林は、志賀直哉についても「氏にとって憎悪とは一種の直覚であり解剖とか解釈とかの干渉を全く受けず、憎悪する事と見る事とは同じ事を意味する」(「安城家の兄弟」)と述べているが、志賀の「憎悪する」直観は、「見る事」として捉えられている。ヴァレリーと同じく志賀においても、「見る」心眼は直観(ここでは「直覚」)である。ここにいたって芸術家と批評者の「無私」あるいは「無我」の心的な境位は、「見る」ことと「聴く」ことを媒介にして、直観によって基礎づけられる。

さらに批評においては、まず「感覚」や「直観」といった身体的な感応から始めなければならない点を先に指摘した。たとえば小林は、アンリ・ベルグソンを論じるなかで、「ベルグソンの言うイマージュとは、かくかくと知覚される、或は知覚され得る限り、事物自体の直接経験を暗示するもの」(「感想」)と述べ、加えて「実在の直観は、実在に最も近いその翻訳として、イマージュとして、現れている。そこから出発すべきだ」(同右)と言う。「実在の直観」は、かならずしも「実在」が実際に存在していることそれ自体ではあり得ない。言い換えれば、今、ここで「見る」ことも「聴く」こともできない「実在」は、その人にとって「実在」してはいない。しかも眼の前にある「実在」も、その人にとっては、ただそこに在るという「実在」ではない。なぜならある特定の「実在」は、それを見たり聴いたりする人の眼や耳の指向性によって異なった意味を帯びてくるからである。そうであれば「実在の直観」は、「実在」を見たり聴いたりするその人の固有の指向性が形づくる「イマージュ」として現われざるを得ない。つまり「イマージュ」は、「実在」そのものではなく、その「翻訳」として捉えることができるわけである。そして私たちは、そのような「イマージュ」としてさまざまな対象を見て聴いて、日常の生活を営んでいる。このような事情は、批評者にとっても同じであって、批評者もまた「実在」の「イマージュ」、つまり「実在の直観」から始めるより他はない。

また小林は、「一般人は、極く自然に、芸術家は意識して、人間思惟という特定活動を頭から認めておりません」(「文芸批評の科学性に関する論争」)と述べ、さらに「彼等は、人間思惟が、彼等の感性的計量中の一つの色合いに過ぎぬ事を率直に認めております」(同右)と語る。普通の日常生活のなかで人が物を考えるときに、自分はいま考えているなどと意識すること、つまり考えていることを考えるということはない。哲学者でもない限り、人は「人間思惟という特定活動」を対象として思考することはない。ただし人間は考える生き物であることは事実であって、小林にとっては、考えることは直観することの一部なのである。だから小林は、「人間思惟」は「感性的計量中の一つの色合い」であると言うのである。このように見てくれば、「感性的計量」つまり直観することが、生活者にとっても批評者にとってもすべての心性の働きの始まり、入り口であらざるを得ない。私たちはそのようにして生活し、美を創造し、そして批評する。ここで念のために言えば、小林は「人間思惟」の働きを否定しているのではない、ということである。「人間思惟」を支えているのは、これよりも深くて広い感覚であり直観なのだと、小林はいたる所で繰り返している。

それゆえにこそ、小林が以下のように述べているのはきわめて説得的である。

> 詩全体の直観が先ずあればこそ、これを構成している言葉の諸要素が、そこから導かれる。直観から分析へと導かれた分析であるからこそ、分析は直観を豊かに鋭くする様に働きもするのだが、逆の方向はないのである。（「感想」）

もちろんここで言われている「分析」は、概念や観点、方法といった「意匠」にふたたび上昇してしまう途ではない。小林の言う「分析」は、あくまで「直観」にもとづいて、この「直観」を論理的に整序し、そのことで「直観」を言葉として表出していこうとする人間のごく基本的な思惟の営みを意味している。小林は詩を例に取っているが、このことは、詩人が詩を書くことにおいても批評者が詩を批評しようとするときにおいても成り立つ思惟の動きである。詩人は、まず直観によってある特定のイメージを心に思い浮かべるが、それを心性の外に形象化しようとするとき、つまり言葉によって表出しようとするとき、心のなかで無意識のうちに言葉を探り、言葉を整序して表現として眼前に表象化する。このようなプロセスがここで言われている「分析」であり、この同じ思惟の諸過程を、芸術作品を批評しようとする批評者もまたたどることになる。小林は「批評は常に冷静な観察であるとともに情熱ある創造である」(「『我が毒』について」)と述べたが、「冷静な観察」が「分析」を意味し、「情熱ある創造」の根元にあるのが「直観」であることは言うまでもない。小林にとって批評とは、このうちの一つが欠けても成り立つことのできないものであり、この思惟の二つの位相が自意識のなかで統一されるうちに営まれる。このように見てくると「直観」にせよ「分析」にせよ、それらは、私たちが日常の生活のなかでそれと意識することもなく行っている心の働きであることがわかる。小林の考える批評が、この生活者のあたりまえの心性から導き出されていることは強調しておいてよい。批評もまた、広範な生活経験のうちに基礎づけられている。

小林は、「直観」と「分析」の統一のあり方を、とりわけて本居宣長の作品のなかに具体的に読み取っている。小林は宣長について、「彼の課題は、「物のあはれとは何か」ではなく、「物のあはれを知るとは何か」であった」(「本居宣長」)と述べて、宣長の「紫文要領」を引用しながら以下のように言う。

彼の説明は次の通りだ。「目に見るにつけ、耳にきくにつけ、身にふるるにつけて、其よろづの事を、心にあぢはへて、そのよろづの事の心を、わが心にわきまへしる、是事の心をしる也、物の心をしる也、物の哀をしる也、（中略）わきまへしる所は、物の心、事の心をしるといふもの也、わきまへしりて、其しなにしたがひて、感ずる所が、物のあはれ也」（「紫文要領」巻上）（中略）彼は、知ると感ずるとが同じであるような、全的な認識が説きたいのである。知る事と感ずる事とが、ここで混同されているわけではない。（同右）

小林はまた、「「あはれ」は情であって、理ではないが、「あはれをしる」には、情理ともに働かねばならない」（「本居宣長――「物のあはれ」の説について」）とも述べている。

「物のあはれ」が「直観」によって感じ取られるものであれば、「物のあはれを知る」とは、「分析」によって「物のあはれ」が意識化され、認識されることである。小林の引用した宣長の説明にしたがえば、「感ずる所」が「直観」であり、「わきまへしる」あるいは「事の心をしる也、物の心をしる也、物の哀をしる也」が、「分析」によって得られる認識である。また小林の言う「情」と「理」が、それぞれ「直観」と「分析」に対応していることは明らかである。さしあたり小林は、宣長に「物のあはれ」と「物のあはれを知る」こととの区別を読み取ったが、興味深いのは、小林がこの区別のうえで「知ると感ずるとが同じであるような、全的な認識」と述べている点である。これは言い換えれば、「直観」と「分析」とがいったん区別されたうえで、「分析」を基礎づけしている「直観」に、「分析」がふたたび回帰していくことである。先にも引用したが、小林は「批評は常に冷静な観察であるとともに情熱ある創造である」（「『我が毒』について」）と言う。つまり批評は、「情熱ある創造」の根元にある「直観」から始まり、「冷静な観察」

である「分析」を経ながら、また「直観」へと還る、そのような繰り返しである。小林の言う「全的な認識」とは、この意味である。「直観」と「分析」の円環は、小林の批評思想の核心を占めているが、やはり彼にとっては「直観」が、批評の最初であり最後の砦であったことは確かである。けれどもそのうえで、「直観」は「分析」を経なければ、「直観」が表象されることはない。一義的なものは「直観」に尽きるが、「直観」は「分析」が欠ければ、心性の外部にある種の形態を取って現れ出ることができないのである。

また小林は、宣長について「あわれを知る心とは、文学に限って言ったわけではなく、自分の全体の生き方なんです。それが誰もの生き方なんですね。そこまで確信してしまった人なのです」(「人間の建設(対談)」)と述べ、あるいは「人の心ばえ、世の有様は、なるほど、かくの如きものか、と身にしみて解っている人が、「もののあはれ」を知る人と言える」(「感想」)とも語っている。つまり「あわれを知る心」は、批評者にとっての問題だけではなく、私たち普通の生活者にとっても実感できるようなことであると小林は言う。自分が今まで生きてきた生活経験の蓄積、ひいては世間やそこに生きる人びとのあり様をそのままに見つめること、あるいは自分の生き様も世間のなかで営まれてきたことを受け容れること、小林はそれらのすべてを、宣長の「あはれを知る心」のうちに感じ取っている。「あわれ」とは、生活者の「心ばえ」であろうか。ここには、人間の生の営みの悲哀に対する小林の慈しみを感じることができる。宣長が人の生を見る眼は、小林が自己との生を見る眼と同じである。小林は、宣長の心眼を自己自身の心眼とする。宣長は小林に取り憑き、小林は宣長に乗り移る。そのような心的な過程で、小林の「あわれ」を感じる「直観」は、宣長とともに生活者の方へと導かれている。小林の批評に対する願いは、自己の生活とその環境に対して順応していく、そうした生き方にもつながっているように思われる。

第一三節　言葉

すでに明らかであろうが、「直観」と「分析」との関係を考えることは、言葉について語ることである。この点に関連して、小林秀雄は次のようにも述べている。

どこの国の文学史にも、詩が散文に先行するのが見られるが、一般に言語活動の上から言っても、私達は言葉の意味を理解する以前に、言葉の調べを感じていた事に間違いあるまい。(『本居宣長』)

文意は明瞭であって、「詩」あるいは「言葉の調べ」は、「直観」によって感じ取られ、「散文」あるいは「意味」や「理解」は、「分析」によって獲得された認識に属する。そして私たちは、「意味」や「理解」に達するために「分析」する前に、「言葉の調べ」を「直観」によって感じている。小林にとって批評は、「直観」と「分析」という人間の思惟の二つの位相の統一であることは前節で見た通りである。ここではこの二つの位相が、それぞれ「詩」と「散文」という言葉のもつ二つの表現として捉え返されている。つまり「直観」は、「詩」として表現された言葉の働きによって促され、「分析」は、「散文」として表現された言葉の働きを対象とする。「直観」と「分析」が、言葉の表現形態との関連で位置づけられれば、概念や観点といった

「意匠」もまた、言葉との関連で批判される。小林は、「言語表現は、あたかも搾木にかけられた憐れな生物の様に吐血し、無味平板な符牒と化する」(「ランボオ　Ⅲ」)と述べたが、この「搾木」が「意匠」であって、彼はまた「言葉は様々なる意匠として、彼等の法則をもって、彼等の魔術をもって人々を支配するに至ったのである」(「様々なる意匠」)と言う。ここで「意匠」は、一つのある言葉としても、あるいは一連の言説としても、人間の思惟の方向性を枠づけている。私たちは、心に抱いたある思念を表出しようとするとき、どうあっても言葉の帯びる指示的な機能の範域のなかで表現せざるを得ない。そうでなければ私たちの思惟は、決して表象化されることがない。そして言葉の漠然とした指示的な機能が概念として、あるいは方法としてひとたび固定されドグマ化してしまえば、それは「意匠」としての言葉となって、私たちの思考の筋道を一方向に導く水路となる。言葉が「意匠」としてある共同的な拘束性をもつ事態は、言葉がもともと他者に対する指示的な機能を帯びていることを考えれば、それは言葉がその出生のときから胚胎する否定的な宿命であろう。小林は、「言葉には、意味もあるが、姿、形というものもある、ということをよく心に留めて下さい」(「美を求める心」)と述べたが、彼は言葉の示す「意味」において、言葉の指示的な機能とそれが「意匠」へと上昇していく不可避性に気づいていた。

そのうえで、小林は次のように言うのである。

論理的記号としての言語だけで事が足りる社会というものを想像してみよ。それは全くの錯乱だ。人は自分の喋る言葉を完全に知る時、錯乱するより能はない。だからこそ、悉くの人の頭の中には、安定した言語を嫌悪する一領域が必ず存するのである。(「批評家失格 Ⅱ」)

「論理的記号としての言語」とは、「意味」を示す言葉の指示的な機能の側面から見た言語である。そして小林は、言葉はその指示的な機能からだけで成り立っているわけではないと言う。小林が「論理的記号としての言語だけで事が足りる社会」と言うとき、それは吉本隆明が、「指示表出の極限で言語はたんなる記号だと想定することができる」(定本『言語にとって美とはなにか』Ⅱ)と述べたこととぴったり重なっている。私たちが現在生きている社会は、小林の言う「論理的記号としての言語」が支配的な社会である。「論理的記号としての言語」は、たとえば科学技術的な専門知を構成する言語として、その機能性を極限にまで展開させていく。あるいは「論理的記号としての言語」は、政治的行政的な画一性のなかで、その効率性を高度化していく。吉本は、「わたしたちは、言語が、機能化と能率化の度合をますますふかめてゆく事態にであっている。(中略)言語の指示機能もまた高度になり能率化されてくる」(同右書)と述べている。「論理的記号としての言語」が支配的な社会においては、私たちは吉本の言う「言語の指示機能」の優劣だけで、言葉に対する評価を下そうとする。この局面では、私たちはただ言葉の指示的な機能が的確に他者に対して果たされているかどうかという点だけで、他者を見ることになる。このような他者に対する視線は、当然のことながら、自己の自己に対する視線を無意識のうちに等閑視していく。この自己の自己に対する視線が顧みられてくるに応じて、小林の言う「安定した言語を嫌悪する一領域」が人の自意識のなかで現われてくるのである。

もちろん「安定した言語」とは、吉本の言う「指示表出」の側面である。このように考えてくれば、自己の自己に対する視線が、言葉のもう一つ別の働きを探るための糸口となってくる。

たとえば小林は、アルチュール・ランボーを論じるなかで、「彼が衝突したのは、「他界」ではなく、彼という人間の謎の根元ではなかったか」(「ランボオ Ⅲ」)と言い、また「言葉というものが、元来、自然の存在や人間の生存の最も深い謎めいた所に根を下し、其処から栄養を吸って生きているという事実」(同右)とも述べる。小林によればランボーは、ランボーという自己自身の自意識のあり様に対面し、これと格闘したのである。自己の自己に対する視線、自己内対話こそが、「論理的記号としての言語」とは異なる言葉のもう一つ別の位相が発生してくる場所に他ならない。小林はとくに詩人の言葉のなかに、「論理的記号としての言語」に対峙し得る唯一の言語の働きを見ようとする。他者へと一方的に向かう言語の「指示表出」(吉本隆明)の機能は、自己内対話を通じて自意識へと転回する。自意識へと転回した言葉は、ここでいったん「論理的記号としての言語」、言葉の指示的な機能を退ける。

このような事態は、小林が「万葉詩人は「言絶えてかく面白き」と歌っていますが、言霊を得るためには、先ず言葉ではどうしても表現出来ない或るものが見えていなければいけないのです」(「文学者の提携について」)と述べたことと関連している。私たちは、自分の感情や思いを言葉で表現して他者に伝えようとしても、なかなかうまくいかないもどかしい苛立ちを感じるときがある。自己の自意識は、そのような混沌とした闇の領野をかならず抱え込んでいる。あるいは自己の外部にある自然やさまざまな事象に対して、言葉としての表現にまでいたることのできない絶句した感慨をもよおすこともある。このような心性にあっては、言葉の「指示て表出」の機能は働かなくなる。言葉は、沈黙のうちに沈み込んでしまう。詩人は詩の言葉として表現する前に、そのような心的な境位をまず経験していると小林は言う。

この点に関連して吉本は、チェロキー・インディアン出身の作家であるフォレスト・カーターの自伝的な少年と祖父母との生活の物語『リトル・トリー』を論じて、「言葉に意味なんぞあるもんか。それより声の調子に気をつけるんじゃ」（『心的現象論　本論』）と言う祖父母の言葉を引用している。そして、「作品のインディアンの祖父母が語る「霊の心」に似た概念を内蔵系の動きに関する心の動きとしてかんがえ、それを言葉以前の自己表出として位置づけた」（同右書）と述べている。ここで吉本は、言葉の「意味」ではなく「声の調子」、あるいは「霊の心」を、「言葉以前の自己表出」と捉えている。この節の冒頭でも引用したが、小林の言う「言葉の調べ」（「本居宣長」）が、祖父母の言う「声の調子」に当たり、また「言葉の調べ」は、「言葉の意味を理解する」（同右）ために「分析」する前に、「直観」によって感じ取るものであった。また言葉は、その示す「意味」において、言葉の指示的な機能を帯びていた。そうであれば、先に引用した小林の言う「言葉ではどうしても表現できない或るもの」（「文学者の提携について」）、あるいは言葉に表現することを介して「意味」を表出することのできないものとは、吉本の言う「言葉以前の自己表出」であろう。ここで言葉は、「分析」の対象となることのできない、それ以前の自己回帰的な機能を帯びることになる。言葉の自己回帰的な機能は、自己が混沌とした自己の自意識に対面して感じる、その言葉にならない心的な境位である。

けれども一方で小林は、次のようにも言うのである。

体験したもの感得したものは、言葉では言い難いものだ。という事は、事物を正直に経験するとは、通常の言葉が、これに衝突して死ぬという意識を持つ事に他ならず、だからこそ、詩人は、一ったん言葉を、生ま生ましい経験のうちに解消し、其処から、新たに言葉を発明する事を強いられる。（「感想」）

ここで小林が述べていることは、私たちが日常の生活のなかで、ごく普通に経験していることである。私たちは、他者であれ自然であれ、あるいは外部のさまざまな出来事であれ、これらに対して息を飲むような経験をすれば、「通常の言葉」つまり言葉の指示的な機能に頼ることができなくなる。言い換えれば、「通常の言葉」が「死ぬ」とは、言葉の指示的な機能が忘却され、言葉がその自己回帰的な機能というあらたな相を帯びることである。けれども私たちは、言葉の自己回帰的な機能のうちに長くは留まることができない。なぜなら人は、どうにかして自意識の感慨に言葉を与えることで、その混沌とした思念を整序しようとする欲求をもつからである。そうでなければ、安心することができないからである。つまり言葉の自己回帰的な機能は、さしあたり自意識の内部で、言葉の指示的な機能を獲得しようとする。詩人が詩作することは、このような心的な過程を経ることであるが、この過程は、日常の生活のなかでも繰り返されている。さらにそのうえで、私たちは言葉の指示的な機能を強めつつ、自己の思念を他者にも伝達しようとするのである。

つまり人は、言葉の指示的な相と自己回帰的な相との間を循環しながら生を営んでいる。おそらく詩とは、言葉の自己回帰的な動きがその指示的な働きによって表現されながらも、一方で自己回帰的な不分明な自意識の位相が果てもなく持続していく、そのような営為である。このような意味では、言葉の自己回帰性は、その指示的な相を自在に変化させている。竹田青嗣は、「言葉の一般的指示性や規範性が変化してゆく要因は、パロールであると言うより自己表出性であると言うべきなのである」（『世界という背理　小林秀雄と吉本隆明』）と述べたが、これは、詩においては隠喩の働きに象徴的である。隠喩は、意味を画定しようとする言葉の指示的な相を突き崩していくからである。そこにまた、詩の自由がある。

言葉に自己回帰性と指示的な相の二つの位相があるということは、言い換えれば自意識が自己の自意識と対面する自己内対話の混沌が、そのままの形では自意識の外部に表現されることができないということである。なぜなら言葉の指示的な相は、その自己回帰性がそのままでは表現の形態を取ることができないからこそ、不可避的に呼び出されてきた言葉の機能だからである。自己内対話における自意識の不分明な内容は、言葉の指示的な相を帯びることで伝達できるものとなるとともに、その内実を変質させる。もちろん私たちは、日常の生活のなかで人間の思惟のそのような過程に気づくこともなければ、意識することもない。けれども小林によれば、「日常生活に於いても人々は精神の考えた処を言葉が表現するのだという迷妄」（「アシルと亀の子　Ⅱ」）に陥っていると言う。私たちは日常の会話において、自己が意識のなかで抱いた思念は、言葉によってそのまま表現できていると考えがちである。けれども誤解という言葉があるように、言葉の指示的な機能は、人の思念を完全には他者に伝達することなどできないのである。私たちはただ、自分の思いが他者に伝わっているであろうと想定しているに過ぎない。小林は、この想定を「迷妄」と述べたわけである。

言葉の指示的な機能がその自己回帰性に表現の形態を取らせるとすれば、私たちの思惟は、まさに言葉の指示的な相において、自意識の外部へと具体的に展開していくことになる。これはつまり、人は言葉を発したり、あるいは書いてみることによって、はじめて考えることができるということである。そして発話するときも書くときも、私たちの言葉は、その指示的な相の範域にある。こうした事情を小林は、「人の思惟活動が言葉という物質的技術を離れて成り立たない」（同右）と述べたが、ここで言われている「物質的技術」が、言葉の指示的な機能である。小林はまた、「文学の世界にいると、どうしても言葉で考えます。言葉が出てこなければ、なんにも出てきませんからね」（「教養ということ（対談）」）とも言う。ここでは先にも指摘したように、人はさしあたり自意識の内部において、言葉の指示的な機能を働かせようとする点を想起してもよい。詩を書くとは、そのような思惟の経過をたどる営為である。

言葉の指示的な相がそのような機能をもつとすれば、その指示的機能が、言葉の自己回帰性に対して自律性を帯びてくることは見やすい。言葉の指示的機能の自律は、人間の思考過程の方向を統御するようになる。言葉の指示的機能が一連の言説の形態を取って自律化し、排他的に固定化すれば、それは「意匠」として、言葉の自己回帰性にまで侵入してくる。そのようなとき、人が言葉の指示的な機能に対して異和を感じれば、その人は沈黙するか、いったんは自意識の内部に立て籠もる。この事情を小林は、「言葉というものは、人々の頭に浸透して限りなく多様な抵抗を受ける電流の様なものだ」（「Xへの手紙」）と表現している。そして、次のようにも語るのである。

私達の共同生活に備わった、言語という共通の財は、言語の形に収った私達めいめいの心という私財の、ただの寄せ集めというような簡明なものではないからだ。(「本居宣長」)

私たちは普通、一人の人間が複数集まれば集団を形成すると考えがちである。けれどもあたりまえのことであるが、人間は頭数がそろえば、それがそのままで集団を形成するのではない。一人の人の思惟の過程は、その人に固有の、他に代えることのできない特異な心性の働きである。それが人は心をもっているということであれば、人間の集団は当然ではあるが、同質的な量の概念のもとでだけで捉えることはできない。人間は、たんなる記号ではない。そして人間が、言葉で思惟の表現を紡ぎ出していく生き物であれば、言葉もまた、小林の言うように「私達めいめいの心という私財の、ただの寄せ集め」ではあり得ない。言葉の指示的な機能が「言葉という共通の財」、言い換えれば誰にでも伝わり得る「意味」を指し示すのであれば、言葉の自己回帰性は「心という私財」の、まさに量に還元することのできない質的なその特異性を本義とする。そうであれば言葉の自己回帰性は、その指示的な機能に抗い、同時に言葉の指示的な機能は、その自己回帰性から自律して、人間の思惟過程の全体を統制しようとする。このような言葉の二つの相の葛藤は、人間の言葉と思惟が、その出生のときからもつ宿命であろうか。

けれども小林が、「言葉の故郷は肉体だ。僕等の叫びや涙や笑いが、僕等の最初の言葉である事を疑う者はあるまい」(「オリムピア」)と述べるとき、彼が言葉の自己回帰性に、つまりは表現することのできない自意識の暗闇に、人間の思惟の根源を探っていたことは明らかである。先にも引用したが、吉本が「言葉以前の自己表出」として捉えた「内臓系の動きに関連する心の動き」（『心的現象論　本論』）と言うときの「内臓系」が、小林の言う「肉体」に重なり合っている。私たちはこの場所で、言葉が発生する入り口に立ち会っている。小林も吉本と同じく、根源あるいは初源へと遡っていく指向性をもっている。けれども小林の場合は、その途がある特定の概念へと彫琢していくことにはつながらなかった。これには小林の若い頃からの一貫した「意匠」批判が、彼の批評思想に強く根づいていたからであろう。いずれにせよ小林が、自己の批評の生まれ出る地平に言葉の自己回帰性、その「直観」を置いていたことは繰り返すまでもない。

第一四節　沈黙

最後に、小林秀雄の批評思想における「沈黙」の意味について考えてみたい。小林の批評の核心にあっては、「沈黙」がある到達点を示しているからである。彼は一九四二年に、「意匠」に対するかつての批判について、次のような感慨を述べている。

イデオロギイに対する嫌悪が、僕の批評文の殆どただ一つの原理だったとさえ言えるのだが、今から考えるとその嫌悪も弱々しいものだった様に思われる。好んで論戦の形式で書いたという事が既にかなり明らかな証拠だろう。そして今はもう論戦というものを考える事さえ出来ない。言葉と言葉が衝突して、シャボン玉がはじける様な音を発するという様な事が、もう信じられないだけである。（「『ガリア戦記』」）

「イデオロギイ」、とくにマルクス主義やプロレタリア文学は「意匠」を象徴的に表わす言説や作品として、昭和初期の若い頃の小林が鋭く批判の対象としたものであった。そしてある「意匠」が敵対する他の「意匠」を批判するときだけではなく、「意匠」の存在そのものを問題にする場合でも、言葉によって言葉を批判するという形態は避けることができない。そこでは言葉の指示的な機能が、十分に発揮されなければならない。「意匠」に対して批判する側も、知らぬ間に言葉の指示的な機能を駆使し、そうした機能の帯びる自律性に巻き込まれていく。「意匠」批判もまた、それ自体意識されることもなく、「意匠」となってしまうかも知れない。小林が「言葉と言葉が衝突して、シャボン玉がはじける様な音を発する」と言うのは、こうした指示的な機能としての言葉と言葉との争闘に対する徒労感を表わしたものである。小林の「イデオロギイに対する嫌悪」は、さらにイデオロギー批判、つまり「意匠」批判に対する嫌悪にまで拡大されていく。

こうして小林は、次のように言うのである。

画は、何にも教えはしない。画から何かを教わる人もいない。画は見る人の前に現存していれば足りるのだ。美は人を沈黙させます。(中略)どの様に解釈してみても、遂に口を噤むより外はない或るものにぶつかる、これが例えば「万葉」の歌が、今日でも生きている所以である。つまり理解に対して抵抗してきたわけだ。(「私の人生観」)

小林は別の箇所で、「口を開けば嘘になるという意識を眠らせてはならぬ」(「モオツァルト」)とも述べたが、ここで「理性に対して抵抗して来た」、あるいは「口を開けば嘘になるという意識」が、言葉の指示的な機能に対する小林の批判的な構えを表わしていることは明らかである。そして「教え」、「教わる」とは、自意識のうちにあっても言葉の指示的な機能を働かせようとすることであるが、小林はその向う側、言い換えれば自意識の混沌とした不分明な領野に訴えかけてくるものに眼を凝らしている。その訴えかけてくるものが「美」であり、そのような「美」に対面して自意識は、また混沌として不分明なままである他はない。このような意識の地平が、「沈黙」であろう。「沈黙」は、言葉へと表出しようとさえ考えない心性の様態であって、それは無意識の領野に接しているかも知れない。いずれにしても「沈黙」は、「美」によって瞬時に強いられるが、このような「沈黙」は自意識が意識的に行うものではない。この意味で「沈黙」は、言葉にならない意識の地平、つまりは言葉の自己回帰性が現象化したものである。

私たちは第一一節の冒頭で、小林が、「無私」あるいは「忘我」の心的な境位を「見る」こととと関連づけて論じていることを指摘した。ここでふたたび引用しておくと、「あるが儘に見るとは芸術家は最後には対象を望ましい忘我の謙譲をもって見るという事に他ならない」(「芥川龍之介の美神と宿命」)と述べている。興味深い点は、小林が「無私」と「見る」ことのうちに、「沈黙」の契機を読み取っていることである。「無私」については、彼は本居宣長の作品を評価しながら、「無私と沈黙との領した註釈の仕事のうちで、(中略)何時の間にか、相手と親しく言葉を交わすような間柄になっていた」(「本居宣長」)と言う。また「見る」については、江藤淳との対談のなかで、「さわるというのが一番沈黙した感覚なのです。ぼくが物を見るというのも、さわるように見るという意味なんです」(「美について」)と語っている。

明らかなように、小林は「無私」と「見る」と「沈黙」とを、人間の心性の働きにおける同一の相のもとで捉えている。いずれの働きにあっても、批評者は、ただ芸術作品とそこに表現された芸術家の思惟の流れに虚心に沿っていくだけである。批評者と芸術作品あるいは芸術家との間に言葉が介在する余地はなく、批評者と批評対象とは直接に向き合っている。このような直接性こそが、「無私」と「見る」ことの本質であって、此の直接性が、「無私」と「見る」

ことを同時に「沈黙」へと誘うのである。ここで「無私」と「見る」ことは、鑑賞する批評者の思惟のなかで、「沈黙」という極点に達する。芸術作品に対面しているなかでの「沈黙」は、批評という営為の只中で、「無私」と「見る」ことを本質的に現している思惟のあり様である。言い換えれば「沈黙」において、芸術作品を鑑賞する者は、意識することなく「無私」の心的な境位に入る。そこでは、私たちは芸術作品を「見る」のではなく、むしろ芸術作品によって「見られている」のではないだろうか。芸術作品から「見られている」ことによって、言語の自己回帰性が、「沈黙」において喚起される。

「沈黙」については、小林はもう一つの契機を語っている。彼は、「美というものは、見るとか作るとかいう経験です。物がなければ何もない世界ですからね」（同右）と言う。ここでは「美」が、「見る」ほかに「作る」という行為に関連づけられている。そのうえで、次のように語るのである。

焼き物は、まことに気が楽だ。何にも表現していない。私達は焼き物を前にして、純粋な実体感のうちに、言葉を一番挑発し難い触感の世界に安住する事が出来るようだ。（中略）この焼き物の持つ、言わば私達の言葉の世界への全くの無関心が、私達を焼き物の使用に誘うのではあるまいか。（「信楽大壺」）

ここでは小林は、「沈黙」を芸術作品を鑑賞する者、批評者の心性のうちに見るだけではなく、芸術作品そのものの存在の方にも見い出している。まず前者の批評者の「沈黙」は、批評者の

「触覚」という身体的な感覚において表象化される。先に「さわるというのが一番沈黙した感覚なのです」（「美について」）と述べられていたが、たしかに私たちは物に触っているとき、その皮膚感覚に精神を集中して言葉を発することはあまりない。小林は「焼き物」に触れるという直接性に、人を「沈黙」へと封じ込めるもっとも鋭敏な感覚を感じ取っている。ここでは身体の直覚が、「沈黙」を表象化している。さらに後者の芸術作品そのものの「沈黙」は、「焼き物」の「言葉の世界への全くの無関心」として捉えられる。小林は「焼き物」、骨董の魅力の一つを、その存在自体が表わしている「沈黙」に見ている。骨董は、それが眼の前に立体的な形を取って静止していることのうちに、その「沈黙」を視覚的により表象化している。私たちは骨董に触り、骨董はそこに存在していることで、私たちと骨董は「沈黙」の対話を交わす。そしてそのような「沈黙」の対話を現出させる最初の行為が、先に引用した「美というものは、見るとか作るとかいう経験」（「美について」）なのである。骨董はまず、「作る」ことがなければ存在しない。

またこのような骨董の「美」、つまりはその「言葉の世界への全くの無関心」が、「焼き物の使用」に関連づけられていることは、小林の芸術作品に対する想い、彼の批評思想を根源のところで規定している。小林は、「信楽にしても備前にしても、壺の工人達は、石器時代から、殆ど変らぬ壺を使うという日常生活の基本的な要求に黙従して来たまでだ」（「壺」）と述べ、またきわめて簡明に、「美なんて非常にすぐそばにあるもので、人間はそういうものに対して非常に自然な態度がとれるものなんですよ。生活の伴侶ですから」（「美について」）と言う。私たちは第六節において、批評する自意識の根元には、その固有の生活経験が息づいていることを論じた。ここでは小林は、批評の対象である「美」についても、そこに日常生活の道具としての性格を見つめている。骨董が日常的に道具として使われることのうちに、小林は「美」と「沈黙」とを結びつけている。言い換えれば生活の営みは、いちいち頭で解釈され、言葉で表現されることがその本質ではなく、「沈黙」のうちに習慣的に積み重ねられていく生活経験の連続である。そのような生活のなかで作られ、使われることで、骨董もまた、「沈黙」のうちに「美」を表出していくのである。小林の批評思想における「美」は、骨董を使い込むことで、生活過程へと回帰していく。骨董において「美」と「沈黙」は、生活過程に根づきながら、そのなかでこそ重なり合って透視される。

小林は戦争中に骨董に親しむことで、その批評思想の極点に一気に登りつめたと思われる。その山頂では、「美」が静寂に包まれ、登る者は絶句して口を噤むしかない。批評思想の山脈のすそ野では、批評が出立してきた広大な慈しむべき生活者の生活が、日々絶えることなく繰り返されている。小林秀雄を「読む」ということは、つまるところそのような小林の思惟の流れに、私たちが黙してたどっていくことではないだろうか。それは小林が、その生涯のうちに文学、骨董、絵画、音楽の「美」の調べに、ただただ身を委ねてきたように、である。小林がさまざまな芸術作品に対面してきたように、私たちも小林秀雄の文章に対面する。小林秀雄を「批評」するとは、おそらくそのようなことである。

第二章　福田恆存論――自己意識のゆくえ

第一節　自然主義文学・私小説と自我意識

福田恆存は、敗戦直後の一九四七年に次のように書いている。

民主主義文学などといふものはありえない。民主主義的政治行動か、しからざれば私小説か——この二者択一のまへにぼくたちは立つてゐる。（「私小説的現実について」）

さらに「私小説」については、以下のように言う。

私小説の動機論的誠実さとは、現実の束縛と圧迫とをうけながらも悪事を働かぬ、そのけなげさ、いぢらしさ、同時にその弱さを意味するものにほかならぬ。（中略）その真実は家庭的ないざこざにとどまり、それ以上に広い範囲にはとどかないのである。（同右）

これら二つの引用文には、福田の批評活動を貫いている核心的な問題関心が表現されている。福田を論じる際にはよく指摘されるが、彼は当時の政治と文学との関係についての論争を契機に、二つの領域をまったく次元の異なるものとして厳しく区別すべきであることを何度も主張してきた。「民主主義的政治行動」と「私小説」の「二者択一」の言明は、もちろん政治と文学との峻別に関係している。そしてここで「政治行動」に対して対置されるのが、文学のうちの「私小説」であり、その守備範囲が「家庭的ないざこざ」、いわば私事に限定される。

それでは政治のうちの「民主主義」という政治体系ないしはイデオロギーと、私事を対象とする「私小説」との二極は、これを一般に人間の心的な過程に移し替えてみると、どのように捉えられるのであろうか。「明治の知識階級」について、福田は言う。

明治の知識階級にとって――そして多かれ少なかれ現在のぼくたちにとっても――いかに生くべきかに敢然と答える道はただ二つしかありえない。すなわち完全に私を抛棄して政治に身を挺するか、さもなければ頑強に私を固執して一点に立ちすくむか――そのいずれかである。（同右）

ここでは最初から政治あるいは政治的なイデオロギーやその活動に無関心な自意識のあり方は、あらかじめ問題にされてはいない。政治的なものに無関心であれば、なにもわざわざ「私を固執」する必要はないからである。問題とされているのは、ある特定の政治的な考え方やイデオロギーを正しいと判断し、そうした活動に従事してきたか、あるいはそれらに絶望し、ふたたび私の自己意識の範域へと下降してきた心的な過程である。言い換えれば「私」は「政治」に背を向けるがゆえに、「私を固執」せざるを得ない。ここで「政治」と「私」は、二極に分裂する。福田は先の引用文の直後に、「その中間は一切が虚偽であり、欺瞞である」（同右）とも述べている。けれども人間はたとえ「欺瞞」であっても、政治的な事象についてときとして判断を下し、行動を起こすこともあり得る。そしてまた、「私」の圏域に還ってくる。人間の社会的な活動とは、このような循環であろう。

いずれにせよ文学者である福田の関心は、まずは「私」、つまり「私小説」の様態へと向かっている。福田は「現実のぼくたちの生活は文学に関するかぎり、私小説への道を示しているのである」（同右）と述べたが、これを言い換えれば私たちにとっての問題は、「政治」から離反して下降してきた「私」、その自己意識のゆくえである。そしてこのような自己意識を問題にするとき、福田の言う「集団的自我」と「個人的自我」との関係は、一つの見取り図を与えてくれる。

人間一人一人の中には様々の集団に適合する様々の集団的自我があると同時に、それには絶対に応じまいとする純粋な個人的自我がある。（「政治主義の悪」）

さらに福田は、「個人が社会から離反し、社会的価値に対する個人的価値の優位を信じ、一が他を蔑視否定したこと」（「一匹と九十九匹と——ひとつの反時代的考察」）とも表現している。「集団的自我」が培われていくその集団は、もちろん政治集団だけではない。信徒が集う宗教集団や、学校や職場など日常生活のなかで人びとが属している集団も、「集団的自我」を高めていくことを個人に要求する。けれども個人がその属している社会的な集団に溶け込むことができなくなることは、私たちが日常生活のなかでしばしば経験することである。こうした事態は、吉本隆明が「人間にとって共同幻想は個体の幻想と逆立する構造をもっている」（改訂新版『共同幻想論』）と述べたことと重なっている。福田が問題にしているのは、「個人的自我」が「集団的自我」に異和を感じ、集団から離脱していく側面だけではなく、自己意識が「集団的自我」に対して「個人的自我」に価値を置く事態である。「社会的価値に対する個人的価値の優位」とは、このことである。けれどもこの文脈での「個人的自我」への価値づけは、さほど特別なことではない。なぜなら「個人的自我」を尊重しなければ、自己意識が「集団的自我」によって滅却されてしまうからである。一般に日本では同調圧力が強いと言われているが、ここで「個人的自我」は守られ、深化されなくてはならない。それゆえに福田は、「精神の自由とは、あくまで個人的自我の充実であり、集団的自我の否定にほかならない」（「職業としての作家」）と述べたのである。福田が問題にしている「精神の自由」とは、あくまで「集団的自我」の侵入に抵抗する「個人的自我」の関係意識において捉えられている。

興味深いのは、このような「個人的自我」のあり様の典型を、福田は芸術と文学において捉えていることである。

その性格（芸術の性格―引用者注）が十八世紀の終わりから十九世紀にかけて、人間性の自覚、個人の解放に先覚者的役割を演ぜしめることになったのである。（中略）ここに芸術は「職業」ではなくなったのである。このことはあらゆる芸術のうちでも、とくに文学についていいえよう――（後略）（同右）

あるいは福田は、「芸術的表現は行為的表現にくらべて、いっそう個人主義的性格を明らかにすることとなったのである」(「表現の倫理」)と言う。「人間性の自覚」、「個人の解放」、「個人主義的性格」などの表現は、「集団的自我」に対して自らを守ろうとする「個人的自我」の思惟の働きを意味している。ここで芸術、とりわけて文学は、「集団的自我」から逃れた「個人的自我」が、その自由を仮託する自己意識の砦となる。さらに文学は、いわゆる社会的集団だけではなく、一般に自己意識の内部から区別されたその外部のあらゆる事象に対峙する役割をもたされることになる。そうであれば文学が、そのような自己意識の内部、「個人的自我」を特権化していくであろうことは見やすい。後論を先取りして言えば、福田はこうした「個人的自我」意識や、それが表現されている文学のあり方を厳しく否定していくのである。

福田は「個人的自我」意識から無縁な作家を、たとえば夏目漱石と森鴎外に見ている。

彼等は社会人、世間人として出発し、(中略)教師、医者、軍職における社会的地位、並びにその学殖は社会をして彼等を拒絶せしめなかったばかりでなく、彼等に信服さえさせたのである。(「近代日本文学の系譜」)

福田はまた、「漱石は当時の社会の高き良心であり、知識階級の煩悶の指導者であった」(同右)、あるいは「鴎外の自我は敵対物を予想していない」(同右)とも述べている。明らかなように、夏目漱石と森鴎外は彼らの社会的地位、職業によって、社会と強く結びつく回路を維持していくことができた。また「教師」、「医者」、「軍職」は、高度な知識と経験を必要とする専門職であり、社会の方も彼らを評価し、必要とする。そのような漱石と鴎外であってみれば、彼らが社会からの疎外感を抱えて、文学の領域に立て籠もるという心性をもつことは考えにくい。この意味で漱石と鴎外の自意識にあっては、「集団的自我」に対立する「個人的自我」としての自己意識を内部に秘めていく契機はなかったのである。福田は夏目漱石と森鴎外のうちに、「個人的自我」意識を否定的に捉えていくための一つの自意識のあり方を考えている。

私たちはこの節の冒頭で、福田が文学のなかでもとくに「私小説」に着目したことに言及し、さらにはこれを政治から背を向けて下降してきた自己意識、あるいは福田の言う「個人的自我」意識の問題として検討してきた。ここで「個人的自我」意識の問題を、ふたたび私小説に対して福田が問うている課題に沿って見ていきたい。この課題は、日本の自然主義文学から私小説への展開についての彼の評価と関連している。福田はまず、日本の自然主義文学について次のように述べている。

> 日本の自然主義文学は、（中略）現実は克服しがたき障壁として受けとり、はじめからそういう形において現実に対したのであり、そこにまた彼等のヨーロッパ十九世紀末葉の芸術概念を受け継ぎ、日本は日本なりにそれを発展せしめる地盤があったのである。（同右）

「現実」を変革しようとする集団に適合しようとしてきた「集団的自我」に対して異和を感じ、その集団からの離脱へ向かう「個人的自我」は、ここでもう一つの問題、つまり自分の力では自己意識の外部の事象（現実）を変革していくことがどうあっても不可能であるという諦念に直面する。「個人的自我」はたった一人であり、それは無力で孤独である。福田は、「自我意識もわれわれを孤独におとしいれる」(『藝術とは何か』)と言う。そして「自然主義作家たちにいたって、(中略)かれらは知識階級人として政治的、ないしは社会的行動に、もはやなんらの実感をも感ずることができなくなってしまったのである」(「作品のリアリティについて」)と語る。「個人的自我」は、政治的社会的集団が個人に要求してくる「集団的自我」を桎梏と感じるだけではなく、もはや政治的社会的行動による変革の有効性をも信じることができない。福田は、そのように自然主義作家たちを捉えている。けれどもこのような「個人的自我」がたどる心的な過程は、何も文学者や知識人にだけ特有なものではない。多少とも政治的社会的活動に参加していった経験のある者にとって、集団やその活動に対する失望や諦めは、程度の差こそあれ実感として感じることがあろう。自己意識の外部の事象は、自己意識がまったく与り知らぬところから、自己意識にぶつかってくるからである。

福田が自然主義作家たちの自己意識の内部に捉えたこのような「個人的自我」のあり様は、彼らに屈折した感情をもたらす。その屈折の心的な過程を福田は、「現実に対して無力であること、(中略)それはもはや作家に苦痛と不安とを与える障碍ではなく、却つて求道心の真実と純粋とを試すための試金石として役立つものとされる」(「近代日本文学の系譜」)と述べている。それではなぜ自然主義作家たちの「個人的自我」の「苦痛と不安」が、「求道心の真実と純粋」に変化するのであろうか。

現実はついに自己を容れる余地なきものとして、はじめから与えられた観念であってみれば、そのような自己否定が一種の安易さをたたえていたのも当然であり、その不自然な抑圧が自己の肯定と主張とに転じて行った過程も諒解されるのである。（中略）むしろ自己を容れようとしない、解決不可能な現実であればこそ、抑圧されたものの真実を主張しうるという、はなはだひねくれた事情があったのである。（「芥川龍之介　Ｉ」）

「現実」のなかに本来の自分がいるべき場所を見い出すことのできない「個人的自我」は、たしかにその自我が安住できる自己意識の避難場所を構築しようとする。もちろんこのような心的な過程にあっては、本来の自分という自我意識が実体的に前提されている。「集団的自我」に対立する場面では、本来の自分や「個人的自我」が実体的に想定されていなければ、自己意識は行き場を失う。この意味で福田の言う「自己否定」には、あらかじめ「自己の肯定と主張」とが内在化されているのである。言い換えれば「現実」に対する否定は、そのまま自己肯定に直結している。自己意識の外部の事象が不正義であると判断されれば、その判断はそのまま自己意識の内部を正義であると価値づける。この心的な過程が、福田の言う「はなはだひねくれた事情」の実相である。

福田はまた、「自我確立がつねに自己主張を意味せざるをえなかった根柢」（「表現の倫理」）とも述べている。「自我確立」、つまり「個人的自我」の拡大と深化のためには、自我はさらに自己を積極的に表現していかなければならないわけである。福田は自然主義文学の作家と作品のなかに、このような「自己の肯定と主張」、「自我確立」の諸相を読み取っている。それは言い換えれば、「自我の確立、完成、優越のために芸術が援用される」（同右）という事態である。こうして福田は、「自己否定の文学としてのリアリズム＝自然主義が容易に自己主張に通じ、そこから私小説への展開が見られたゆえんである」(「近代日本文学の系譜」)と結論づけたが、ここで具体的に考えられている作家は、島崎藤村と田山花袋である。「私小説」にあっては、「個人的自我」意識の確立が第一義であって、芸術あるいは文学は、そのための下僕となる。

明らかなように福田の文芸批評の目的とする点、その対象は、文学一般の動向にあるのではなく、私小説における自我意識の剔抉とその徹底的な批判にある。そしてその向うに見定められているのは、福田の言うところの本当の自我、真の自己完成である。これは後に論じる福田の演戯論とも深く関連してくるが、今はこれらの問題を検討する段階ではない。ただここでは、彼の自我意識に対する批判が、その理想とする人間の行為を導き出してくるための前提的で不可欠な作業であったことは指摘しておきたい。

福田は芸術作品の「鑑賞者」について、「ひとびとは芸術作品に自我意識の確立を求め、それを完全にはたしてくれる作品を偉大なる芸術と呼んでいます」(『藝術とは何か』)と述べている。『藝術とは何か』は一九五〇年に刊行されているが、現在の作家にあっても、このような福田の認識が共有されていることに触れておきたい。たとえば、高橋源一郎は次のように言う。

美しい物語を作る、血湧き肉躍る物語を作る……それだけでは駄目なのだ。読者はもっと多くを作者に要求する。作者が保持している、作者が隠している、彼(彼女)だけの真実を提供せよと。(『「ことば」に殺される前に』)

そのようにして、多くの「私小説」が書かれて、「私」はもちろん、「私」の近くにいる

人々が、小説の中に投入された。そのやり方でしか「真実」が担保されないとはぼくは思わない。（同右書）

高橋の言う「作家が隠している、彼（彼女）だけの真実」が、福田の「自我意識の確立」に重なっていることは明らかである。福田は「従順な鑑賞者は作品の自我意識に同化し、反発する鑑賞者はそれに対立して自分の内部におのれの自我意識を凝集せしめる」（『藝術とは何か』）と述べたが、かつての福田の「鑑賞者」も現在の「読者」も、小説作品のなかに作家の「自我意識」やその「真実」を探し求める。そこでは、作品のなかの登場人物と作者とが、暗黙のうちに同一化される。高橋は、このように作品のなかに作者の「真実」探し求める読者の指向を「逃れることができない病」（『「ことば」に殺される前に』）とも述べた。福田にとっても高橋にとっても、「私小説」にあっては、作者も読者もともにそのような自我意識に囲繞され、取り憑かれている。

ここで考えてみれば、小説に限らずどのような芸術作品においても、いったん完成された作品として人びとの前に提供された作品は、その作品の制作過程における作者の自己表現、つまり作品に表現された作者の自我意識の表出とは、明らかに異なった意味空間を受け取る。そうであれば、芸術作品の鑑賞者が何とかしてその作品の作者の自我意識を捉えようとしても、もともと作者の自我意識と鑑賞者の自我意識とが異なることを考えれば、鑑賞者が作品の作者の自我意識を捉えることなどできないのである。作者の自我意識と鑑賞者の自我意識とが同致することはあり得ず、鑑賞者が捉え得たと考えた作者の自我意識は、あくまで鑑賞者がそのように思い定めた作者の自我意識に過ぎない。さらには作者の自我意識もまた、作者の自我意識がその時どきに紡ぎ出しては消えていく自我意識に過ぎないとも言える。なぜなら、さまざまな「集団的自我」に応じて対立する「個人的自我」の諸相は、自己意識の現れては消える影であるとも考えられるからである。そのような自己意識であってみれば、作者にとっても読者にとっても、自我意識を追い求めることにどれほどの意味があろうかと福田や高橋は問いかけている。福田はさらに、現実と対立しながら自我意識を確立していく私小説家の心的な過程を、「精神主義的昇華」と捉えている。

近代日本の作家は錯覚であるにもせよ、社会的現実からの拒絶感のうちに例の動機論へ――しかもほとんどこれから立ちなおることの期待しがたいような精神主義的昇華へといちずに突き進んでいったのである。私小説の袋小路がかれらを待っていた。(「表現の倫理」)

福田が捉えたように、私小説家がその作品に表出しようとした思念が、「精神主義的昇華」として現われてくるとすれば、その精神は極度に純粋化されて作品のなかに結晶してくる。もちろんこの純粋化は、聖人のような善性を意味しているのではなく、自我意識が善悪ともに極端にまで追い詰められていくという意味である。そしてこのような精神に反措定されてくるのが、世俗的な現実である。福田は、「当時の知識階級は世間的出世をいさぎよしとせずして、悪徳のともなわぬ出世法、乃至は処世法として文学をとりあげたのであった」(「近代の宿命」)と述べている。文学的な営為に仕えることが、そのまま世俗的な垢を脱色したものとして考えられている。そうであれば世俗的なものは醜悪であり、精神はそのぶん理念化、理想化される。

精神は、世俗の物欲や肉欲を否定したたんなる霊的な倫理となる。このような精神、言い換えれば自我意識が、俗世間や大衆のあり様を顧みることなくそれ自身が幻想化した球体であってみれば、それはきわめて脆弱性を帯びたものであろう。精神は、つねに世俗的な現実からの反撃に直面する。この間の事情を、福田は次のように述べている。

自然主義文学や初期の私小説によってわづかにその尊厳を自覚されていた自我は、はじめからひとえに芸術家の、あるいは知識階級人の自我にすぎず、その自覚と肯定とのためにむしろ民衆の自我は犠牲に供されたのであった。芸術家の自我は、（中略）それゆえの身軽さで闘ってきた自我であってみれば、それがのちに封建的な世間道徳に屈服したのは当然であるともいえよう。（「作品のリアリティについて」）

先に見た世俗的な現実は、ここでは「封建的な世間道徳」である。さらには「封建的な世間道徳」に取り囲まれた血縁集団、家族の封建遺制である。自然主義作家や私小説家の自我は、社会的世俗的な道徳を体現した大衆の自我と敵対し、これを侮蔑のうちに黙殺してしまう。けれどもそうではあっても、自らの自我意識の純粋性を保持しようとする芸術家にとって最も手強い相手は、社会的世俗的な道徳であるよりむしろ、家族の現実感覚ではないだろうか。これはおそらく、その家族の一人である芸術家や知識人の自我に対して、家族が特有な関係意識をもつことから来ている。この関係意識は、家族が血縁であるがゆえに生じてくるものである。ここで喚起したいのは、吉本隆明の「転向論」である。吉本は、「近代日本の転向は、すべて、日本の封建制の劣悪な条件、制約にたいする屈服、妥協としてあらわれた」（「転向論」）と述べたが、興味深いのは中野重治の小説『村の家』に言及していることである。吉本は、左翼活動から転向して帰郷した主人公の勉次と、その父親の孫蔵とのやり取りについて次のように述べる。

孫蔵からみるとき、勉次は、他人の先頭にたって革命だ、権力闘争だ、と説きまわりながら、捕えられると「小塚原」で刑死されても主義主張に殉ずることもせず、転向して出てきた足の地につかぬインテリ振りの息子にしかすぎない。平凡な庶民たる父親孫蔵は、このとき日本封建制の土壌と化して、現実認識の厳しかるべきことを息子勉次にたしなめる。（中略）『村の家』が、転向小説の白眉である所以は、（中略）「お父つあんな、そういう文筆なんぞは捨てべきじゃと思うんじゃ。」という孫蔵に対して、「よく分かりますが、やはり書いて行きたいと思います」とこたえることによって勉次があらためて認識しなければならなかった封建的優性との対決に、立ちあがってゆくことが、暗示せられているからである。（同右）

福田の言う「芸術家」の自我意識は芸術理念に、そして吉本の問題にしている転向した左翼革命家の「勉次」の自我意識は共産主義イデオロギーの理念に、各々仕えてきた。だが、ともにある特定の理念的な概念体系を奉じていたことは同じである。そしていずれも、大衆の「世間道徳」や家族の「現実認識」を顧みることもなく、理念的な概念体系に沿って活動し、それゆえに封建的な規範から復讐される。けれどもここで考えてみたいのは、知識人や芸術家に与える一般的な社会的世俗的道徳の影響ではなくて、彼らの家族のもつ、家族であるがゆえの現実に対する特有な考え方である。小説『村の家』の父親の孫蔵は、左翼を弾圧する官憲ではもちろんなく、福田の言う「世間道徳」をそのまま息子の勉次に対して押しつけようとしているのでもない。もしそうであれば、「捕えられると「小塚原」で刑死されても主義主張に殉ずることもせず、」という父親の息子に対する批判についての吉本の判断は出てこないと思われる。ここで父親の孫蔵は勉次に対して、いったん革命を目指すなら、転向しておめおめと実家に帰ってくるのではなく、刑死しても悔いのないほど「主義主張に殉ずる」べきであったと諭しているのである。つまり孫蔵は、勉次の左翼活動の非徹底性を非難している。だからこそ孫蔵は、「それじゃさかい、転向と聞いたときにゃ、おっかさんでも尻もちついて仰天したんじゃ。すべて遊びじゃがいして。遊戯じゃ。屁をひったも同然じゃないかいして」と、勉次の活動の中途半端な性格をなじったのである。

左翼活動に対するこのような非難は、社会的世俗的な道徳、福田の「封建的な世間道徳」からは出てこない。命を賭してまで徹底的にやり遂げるべきだったという勉次に対する孫蔵の嘆きは、やはり息子の行動を身を切って見守る父親の心情から来ている。そして中野は、小説の最後に「勉次はこの老父をいかにむごたらしく、私利私欲のために、ほんとうに私利私欲――妻をも妹をも父母をも蹴落とすような私利私欲のために駆りたてたかを気づいていた」と、家族に対する勉次の思いを描写するのである。これが、福田の言う「民衆の自我」を犠牲にする「知識階級の自我」に過ぎないことは見やすい。

そして吉本は、「よくわかりますが、やはり書いて行きたいと思います」という勉次の決意に関連して、「『村の家』の勉次は、屈服することによって対決すべきその真の敵を、たしかに、眼のまえに視ているのである。いいかえれば、日本封建制の優性にたいする屈服を対決すべきその実体をつかみとる契機に転化しているのである」（「転向論」）と述べた。ここで勉次の書き続けることへの決断は、大衆の社会的世俗的な道徳のみならず、家族に特有な血縁に対する心情を切り捨て、そこから上昇した果てに、政治的なイデオロギーに仮託した自らの自我意識から反転下降し、ふたたび大衆と家族が依拠している封建遺制を対象化していくことを意味している。この反転下降が可能であったのは、直接には孫蔵の勉次に対する肉親の愛情が促したものである。けれども一方で、勉次が福田の言う「封建的な世間道徳に屈服した」（「作品のリアリティについて」）こと、あるいは吉本の言う「日本封建制の優位にたいする屈服」、つまり現実の地平に勉次が足をすくわれたことがその決断の背景にある。勉次は封建遺制の対象化において、家族を含めた大衆の生き様を自らの思想形成の不可欠の契機にすることを強いられている。勉次の自己意識は、ふたたび自らが出立した大衆の現実感覚、あるいは大衆の自意識を包み込んでいくことをその思想的課題に据えることになる。このような自己意識の過程は、かつて吉本が「知識人の政治的集団を有意義集団として設定したいとすれば、その思想的課題は、かれらとは逆に大衆の存在様式の原像をたえず自己のなかに繰込んでゆくことにもとめるほかはない」（「情況とはなにか I――知識人と大衆」）と語ったことに直接につながっている。吉本は「大衆の存在の原像を自らのなかに繰込むという課題」（同右）を、勉次の書き続けるという意志表明のなかに読み取っている。

このように見てくると、福田が「ぼくたちがぼくたち自身の内部に巣食う封建制を脱却する道は――文学に関するかぎり――それを否定したり抑圧したり、あるいはそれと絶縁したりすることではなく、このようにしてそのまま抱きとることを措いてほかにはあるまい」（「作品のリアリティについて」）と述べたことは、きわめてわかりやすい。自意識にまとわりつく「封建性」と「絶縁」してしまえば、それはその者の自我意識の孤高を一人弄ぶことを可能にするが、人はそのような自我意識の球体にずっと閉じ籠っていることはできない。なぜなら自我意識の球体は、自我意識を守る外壁の強度が強くなればなるほど、球体はその内部へと縮んでいく力と外部からの圧力とに耐え切れずに破砕してしまうからである。自己意識の外部からの圧力は、その内部の自我意識を開いていくことを強く促している。けれどもそれは、ふたたび「集団的自我」に順応することではない。自己意識はすでに自発的であれ強制的であれ、そのような「集団的自我」から離脱して、「個人的自我」を意識化してきたからである。ここで自己意識は、異なった方向性に自我意識の球体を開いていかなければならない。この方向性を福田の思惟に沿ってたどることが、この論考の目的でもある。

私小説の問題にもどると、その完成したあり方を、福田は志賀直哉の作品に見ている。福田は、「志賀直哉はあるがままの自我をただちにもっとも近代的な理想人間像と一致せしめえていたのである。そしてその生活はそのまま作品の框と過不足なく合致した」（「近代日本文学の系譜」）と述べ、次のように言う。

志賀直哉が、敗北から出発した自然主義文学の現実喪失に面して、その一途に下降してゆく近代日本文学史の、その下降を喰いとめえた積極性は、どこに見いだされるかといえば（中略）現実喪失をあえて恐れなかったばかりでなく、かえって現実を大胆に追放したところに自我の強度の現実性を確保しえたことになる。（同右）

福田が、志賀直哉の作品に私小説の完成した形態を見て取ったのは、志賀が現実の地平をその自我意識の対立する相として捉えたからではない。それは志賀の作品に表現された自我意識が、最初から現実をその価値づけの対象としては評価していなかったことによる。そうであれば志賀の作品は、今まで見てきた福田による私小説の概念を超えたところに位置づけられよう。このような福田の評価は、福田が捉えてきた近代の芸術家のあり方とは異なっている。なぜなら彼らは、社会的現実と個人との関係をその大枠において問題にしてきたからである。ところが福田によれば、志賀にあっては「彼が実生活において他我の襲撃を受けずに済むような環境を緩衝地帯としてもっており、そこに確乎不動の芸術家概念を樹立しえた」（「嘉村礒多」）と言う。そうであれば志賀の抱懐する「芸術家概念」とは、「集団的自我」に対立する「個人的自我」意識ではなく、自己意識として自我の転態を重ねる以前の、もって生まれた自意識そのものに過ぎないことになる。この意味で私小説は、もはや自我意識の球体ではさらさらなくて、どこから切っても同じような自意識の連続体の様相を呈してくる。それゆえに福田は、志賀の作品は「より正しくいえば、作品そのものが無目的な自己運動に終始するひとでの生態さながらである」（「近代日本文学の系譜」）と述べたのである。このような志賀の作品であってみれば、もはや自我意識を開いていくことなどは問題にならない。おそらく福田は、志賀直哉とその作品のうちに、近代芸術のきわめて特異な行く末の地点を見定めていたのかも知れない。

ところで私たちは先に、福田が私小説家の自我意識の確立を「精神主義的昇華」(「表現の倫理」)と捉えていることを見た。そしてその「精神」は、世俗の物欲や肉欲を否定した霊的な倫理として理念化されていくことを指摘した。福田は私小説の性格を、肉体の否定の側面からも考えている。この点を、もう少し考えてみたい。彼は「自然主義文学はこの快楽否定の精神主義にその基調をもっているものでありますが、これは(中略)快楽を否定し、自分の肉体の現実を否定してまで偉くなろうということです」(「永井荷風」)と述べ、次のようにも語る。

精神は肉体の保証なくしてその真実性を自己確認しえぬのだ。が、そのことこそ近代自我の敗北を意味しているのではないか。(「現代日本文学の諸問題」)

あらゆる精神的なごまかしを取り去って物質と肉体とを自立せしめよ――そのとき、その反面に残留し、自立すべき精神はどこにあるのか。(中略)肉体が自律性をもちえず、たえず精神のヴェイルをかぶせられてきたというのも、所詮、精神それ自身が自律性をもっていないためのカムフラージュでなかったとすればまことにさいわいである。(「肉体の自律性」)

養老孟司も「明治以降の文学が、「我」の問題をめぐって展開したことは、周知の事実であろう。いったいこの我とはなにか」(『身体の文学史』)と問い、「これらの問題はむしろ、「身体の喪失」から派生したものなのである」(同右書)と言う。

先に自我意識の外部への開放について言及したが、福田による『精神」に対する「肉体」の復権の課題を、自我意識の開放の問題として考えることができる。福田は「精神は肉体の保証なくしてその真実性を自己確認しえぬ」と述べたが、言うところの「精神」の「真実性」とは何だろうか。それは自己意識が内閉していく自我意識を解体させて、自己意識の外部へと通路を切り開いていくことによってのみ確証することのできる「真実性」である。ここで自己意識は「精神」だけで成り立っているのではなく、「肉体」によっても支えられ、「肉体」に取り囲まれている。自我意識の解体は、自我意識を解体させた自己意識が、これまた「精神」と「肉体」とを兼ね備えた他者の自己意識に対面することである。そしてこのときに、自己と他者との双方の「肉体」が、自己と他者との自我意識の解体を主導していくのである。「精神」は、このような「肉体の保証」によって、はじめて自己と他者との共同性を構築していく契機を捕える。自己と他者の自我意識の孤絶性は、自己と他者との「肉体」という直接的な機制によって克服されていく。筆者は以前に、「身体は、思考的認識論的差異を超える」(『生きるつながりの探求――他者・信仰・文学』と書いたが、「肉体」は「いま、ここ」に具現していることとそれ自体によって、すでに自我意識に対してその解体の方向へとゆさぶりをかけている。福田の「精神主義」批判、自我意識批判と「肉体」への希望は、自我が他我を相互に克服して、つながり合うことのできる回路を指し示している。「肉体」と「肉体」との行為が、自我意識の球体を内破する。これはまた、彼の演戯論の主題の一つである。

さらに福田は、日本の近代文学と私小説の成り立ちを、近代化と神の問題から捉えている。彼は日本の文学や近代化を語る場合に、西欧のそれらの歴史と比較して日本の特徴を炙り出してくる。そして近代化とキリスト教の神の問題は、日本の自然主義文学や私小説の特殊性に、少なからず影響を与えてきたと福田は捉えている。

ヨーロッパの近代の夜明けに想いをいたすとすれば、それが否定因としての神をいただいていたこと、のみならず、近代の担い手自身がそれをみづからのうちに含んでいたことこそ、（中略）いかに羨望しても羨望しすぎることのない事実であろう。（「近代の宿命」）

福田はまず、西欧の近代化の背景に、原理としてのキリスト教の神の存在を指摘する。彼は「ルネサンス以来、近代が自己の発明として誇っているあらゆる人間活動の成果は、（中略）すべて中世の精神が支店としての絶対神をいただいていたということに基づいている」（「西欧精神について」）とも述べている。西欧の近代化についての福田の解釈の興味深い点は、近代化を推進してきた力のうちに、中世の神が連綿としてなお息づいていたと見ていることである。西欧における近代科学技術の発展が、キリスト教という一神教の存在と深く関連していることはよく指摘されてきた。ただ福田は、西欧の中世から近世への歴史の展開に、たんに歴史の断面を見るだけではなく、歴史展開の深層にその連続面を読み取ろうとしている。近代は、過去の歴史のすべてを切り捨てて成り立ったものではないのである。このことはまた、西欧では芸術の領域においても当てはまると福田は考えている。こうした歴史における連続面の強調は、彼の歴史観を反映している。そこで問題は、日本にあっては、西欧のような歴史を貫く人間の行為の不変の原理が存在していたかどうかという点にある。福田は言う。

明治におけるぼくたちの先達が反逆すべき神をもっていなかったこと、そのことのうちに日本の近代を未成熟に終らしめた根本の原因が見いだせよう。なぜなら神というひとつの統一原理はその反逆において効力を失うものではなく、それどころか反逆者の群と型とを統一しさえする。ひるがえってぼくたちは近代日本にいかなる統一原理を見いだせようか。(「近代の宿命」)

日本の近代化にあっては、西欧の神のような「ひとつの統一原理」は存在しなかった。だから明治以降、神の代りに「天皇の神聖化」(同右)が行われたと福田も触れている。ここで「ひとつの統一原理」とは、歴史の展開のなかで、深海流のように歴史の底層部を流れ、そしてその歴史の担い手たちの行為を規定している特定の精神の型である。だから福田は、明治から始まる日本の近代化の過程においては、「私たちが西洋のうちに見ることができたものが物質文明だけだったのであり、そこに精神を見る能力を私たちは欠いているのである」(「自由と唯物思想」)と述べたのである。私たちは眼に見える物の形状を真似ることは比較的容易にできるが、その物の形状に表現されている作者の精神の型を学び取ることはなかなか困難である。精神の型を培っていくためには、歴史の長い蓄積が不可欠である。日本の近代化の担い手たちは、西欧の近代化の担い手たちの精神の型を体得していくことができなかったばかりではなく、その必要も感じてはいなかった。このような日本の近代化の特殊性は、美術、とりわけて文学の領域にどのような影響を及ぼしてきたのであろうか。問題はやはり日本の近代化の過程と、これに関連する自我意識のあり様である。

福田は「神のない日本、絶対神を必要としなかった日本人、そういう主体の分析にまで迫らなければ、どうにもなりません」(「個人主義からの逃避」)と語るが、「主体の分析」とは、ここでは日本の近代化の過程における自我意識の追究である。西欧の「主体」概念は、日本の近代文学における自我意識の問題へと転化する。すでに明らかなように、その自我意識には、神は不在である。

あらゆる社会的なものを否定して虚無のうちに私小説への傾きを辿らねばならなかったぼくたちの文学史の必然は、その底に神をもたぬ日本人の宿命をひめているのである。民衆の無自覚も、知識階級の反抗の自虐的倒錯も、すべては理想人間像の欠如に起因する。

(「私小説的現実について」)

私たちはここで、福田が指摘した「集団的自我」と「個人的自我」との対立を想起したい。「個人的自我」は、「集団的自我」との対立から生じて来たる自我意識である。言い換えれば、もしこのような対立関係がなければ、もともと存在のしようのない自我意識である。そうであれば「個人的自我」意識は、それ自体として存在する根拠をもつことのできない意識である。そのような自我意識であってみれば、その奥へ向けて掘り下げれば掘り下げるほど、自我意識は満ち足りない空虚感を抱き続ける。自我意識は、その球体のなかで自足することができない。このような空虚感が、福田の言う「虚無」である。この「虚無」の深奥には、社会や現実をどうあっても変えていくことができないという無力感が存在している。自我意識はこのような無力感のなかで、あてどもなく浮遊する。あるいはこの無力感に耐え切れなくなって、芸術、文学の領域へと逃避する。文学は、自我意識が自由に支配する王国となる。福田は言う。

日本の近代文学は日本の社会の近代化という自分自身の性急な要求から、小説や文学を専ら自己確認、自己証明、そして自己表現の具として用いる事しか考えなかったのだ。(「自己は何處かに隠さねばならぬ」)

自我意識がその王国を文学に求めようとするなら、文学は、自我意識の自我が十全に自分を表現するための領域に過ぎなくなる。作家の目的は、自らの「自己確認」、「自己証明」、「自己表現」、つまりは自我意識の表出にあって、文学はそのための手段となる。このような作家の自我意識が、日本の近代化の過程における特殊な「主体」概念に重ね合わされていることは明らかである。西欧とは異なり、神をもたない日本人の「主体」は、ただ徒に自我を振り回す。それは自らの「主体」を、絶対的な存在である神との関係において見つめることができないからである。先の引用文中の「理想人間像の欠如」(「私小説的現実について」)とは、この意味である。そのような作家の「主体」であれば、福田が「当時の作家にとって何より緊急な事は優れた小説を書く事ではなく、自分がそれを為し得る人間、即ち芸術家である事を、自他共に、いや、他の誰よりも自分に向かって証明する事であった」(「独断的な、余りに独断的な」)と述べたことはわかりやすい。ここに芸術家や文学者は、かりそめにも自我意識の球体に潜り込むことができた。芸術至上主義は、社会や現実を切り捨てた芸術家至上主義となる。けれどもその芸術家至上主義は、日本の社会的現実の相対性や神の絶対性のいずれにも依拠しているわけではない。社会と神が不在の自我意識は、早晩崩れ去る。私小説は消え去り、時代は大正末期から昭和へと入る。私たちが追究してきた自我意識も、新しい局面を迎えることになる。

第二節　新感覚派・プロレタリア文学と自我意識

前節の末尾で、芸術家の自我意識は、芸術至上主義を芸術家至上主義へと転じさせることを見た。福田恆存はさらに、「自己深化、自己完成が仮に文学や芸術にとって欠くべからざるものであるにしても、（中略）それは果して芸術家や文学者、小説家だけに認められる特権、或は責務であろうか」（「文学を疑う」）と問い、以下のように言う。

人は自己深化などというものに現を抜していると、自己というものの存在に一度も想いをめぐらした事の無い人間の確乎たる自己の前で、惨めに自己の抱懐と喪失という苦杯を嘗めさせられるのである。自己深化の専従者が聖職者であるならば、飲んだくれや娼婦も、いや、彼等こそ聖職者たり得る。（同右）

この福田の思いは、吉本隆明が「「魂の深さ」とか「自己意識の凝縮の徹底性」などが、まったく役に立たない領域が、この地上にはたくさん存在するし、その範囲は刻々に拡大している」（『追悼私記』）と述べたことと対応している。福田はここで、自己意識の内部を見つめ続けることで「自己完成」を遂げようとする芸術家や文学者の特権意識を批判する。その自己意識の内部とは、彼らの自我意識に過ぎないのではないかと、福田は難じる。そして「自己というものの存在に一度も想いをめぐらした事の無い人間」とは、まさに芸術家のとっての他者である。芸術家はそのような他者と対面し、その自我意識を強くゆさぶられる。「飲んだくれや娼婦」とは、自我意識をゆさぶる他者として福田が例に出した者たちである。彼はそのような世俗の只中に住まう人たちを通じて、芸術家や知識人の自我意識の自己中心性を裏側から弾劾しているのである。そして「飲んだくれや娼婦」の意識は、自己意識の存在を意識化する以前の自意識であろう。たとえ自意識などという言葉を使わなかったとしても、である。このような心的なあり方は、なにも「飲んだくれや娼婦」といった例をもち出すまでもなく、日常を営むすべての生活者に普通に存在する意識のあり方である。そこでは私たちは、さまざまな他者と対面して明滅する意識を、それ自体自意識としてことさら意識の領野にあげることすらない。福田は芸術家や知識人の自我意識が崩壊していく地平を現実的な世俗に見ており、彼らの「聖」の自我意識は、「俗」の地平のなかで解体される。そしてこのような心的な過程において、自己が他者とつながっていく可能性を福田は探ろうとしている。福田は「自己の崩壊と喪失」から、他者とのつながりを遠望している。

彼は「自我はもはや認識の対象ではなくなった」（「表現の倫理」）と述べたが、養老孟司も「小説家が考えた「自我の問題」、それはおそらく実体がない問題だった」（『身体の文学史』）と言う。けれども芸術家や文学者の自我意識が批判されても、人間の心性から自我意識が消滅してしまうことはあり得ない。自己の自我意識は、他者と対面しながらその動揺を繰り返すだけである。自我意識はたとえ解体されても、また現れてくる。ただ人間は、その自我意識を不断に、そして少しでも抑制しようと努力することができる。そこには、信仰の力が与っている場合もあろう。自我意識の存在は、なにも芸術の領域だけの問題ではない。もちろん福田は、そのことに気づいている。それは後に論じることになるが、彼が文学論から演戯論へと向かう過程のなかで、他者とのつながりの可能性について深い関心を示しているからである。

それでは自我意識がひとたび解体してしまえば、自己意識はどのような方向へ向かうのであろうか。福田はその方向を、大正末期から昭和に入ってからの新感覚派・横光利一とプロレタリア文学の隆盛のうちに見ていくのである。彼は私小説以後について、「文学は告白であっても、人生は告白ではない。（中略）私小説はおのずと衰退した。告白の水脈が枯れたのである。そこに登場したのが新感覚派とプロレタリア文学とであった」（「告白ということ」）と述べたうえで、まず新感覚派について次のように語る。

彼等のもっともおそれることは通俗であり、その名によって俗人を軽蔑する――なぜなら俗人にあっては、心理の組みあわせが単純であり、容易に見すかされるからにほかならない。いわば心理単位集合の数が多ければ多いほど、（中略）優越者としての自己を証明しうるのである。が、心理的可能性の多岐にわたるということは、ここに関するかぎり、自己喪失を意味するものであり、（中略）横光利一の作品の主人公は多くそのような知識人であり、またもっとも単一な可能性の所持者としての現実に敗退し、しかもこの敗退によって自己の優越を証明する。（「近代日本文学の系譜」）

「俗人」の「心理の組みあわせが単純」であると判断し、また自らの「心理的可能性の多岐にわたる」と考えるのは、新感覚派・横光利一の世俗的現実に対する優越意識に過ぎないと言われる。この優越意識は、ひとたび崩壊、解体してもふたたび現れてくる自我意識である。けれどもほんとうは、自己意識の外部を否定し、その内部に閉じ籠ることで、自我意識はただ自我意識だけに対面することになる。そしてこのような心的な過程は、かえって自我意識の「心理の組みあわせ」を単純化、平板化してしまうのである。なぜならこのときの自我意識は、自らの絶対性へと傾いていく指向性をもつからである。自我意識が自我意識だけを相手にしていくるなら、自己意識の外部に通路をつけようとする意識の存在は忘れ去られてしまう。こうした心的な事態が、福田の言う「自己喪失」である。この場合の喪失する「自己」とは、社会や現実を遮断してしまった自我意識の虚無的な相であって、それ自体で存在する確たる根拠をもたない。私小説の自我意識の残骸のうえに現れてきた新感覚派・横光利一らの再生する自我意識は、今度は彼らが退けた「俗人」と同じように、単色の意識の生態しかもち合わせない。逆に「俗人」の世界こそ、その相対的で多相的な意識の色彩に満ちている界である。

これは高橋源一郎が「ぼくたちの多くは、「内側」へ入ろうとする」(『「ことば」に殺される前に』)と述べ、「「外」との繋がりは無数にあって、それ故、その人の数だけ異なって見えるのに、「内」との繋がりは、一つしかないからだ」(同右書)と述べた事態と同じである。高橋の言う「内側に入ろうとする」契機は、その人の生きている時代の環境や、その自己意識のあり様によって異なっている。そして福田が先の引用文を書いた敗戦直後と、高橋がこの文章を書いた二〇一〇年とはもちろん時代の情況も大きく違う。けれども福田も高橋も、自我意識に閉じ籠ろうとする不毛性に自覚的である点では共通している。ただ人は生涯にいくたびか、程度の差こそあれその自我にかこつける時期がある。またその不毛に気づき、自我意識の球体から脱け出ようとすることは、なかなか容易ではない。あるいは日常生活のなかでの多くの場合、それが、自己意識の外部の事象に絶望した無力感と虚無に直面した自我であると自覚していることもあまりない。人はそのようにして一生を過ごし、死を迎える。

福田によれば、プロレタリア文学も彼の言う「自己喪失」のうえに現れてきた潮流である。彼は「ぼくたちの見のがしてはならぬことは、プロレタリア文学も自己喪失者の文学であったという事実である」(「人間の名において」)と述べ、さらには「プロレタリア文学がこの袋小路の打開を望ましくない方向にそってこころみたというのは、ほかでもない、それはあまりにも単純明快にその虚妄のかどによって個人の純粋性を追放してしまったのである」(「近代の宿命」)と言う。ここで言われている「個人の純粋性」とは、自然主義文学や私小説が抱いていた自我意識である。プロレタリア文学は、このような自我意識がどうあっても社会的国家的な悪に関わることのできない限界を批判する。そのうえで、「自己喪失」の自己である自我意識は、まったく切り捨てられていく。この点に、プロレタリア文学が私小説や新感覚派とは異なってたどった方向性の独自性がある。新感覚派にあっても、私小説の解釈した自我意識のうえに、あらたに再生した自我意識が立っていた。こうした自我意識が退けられたなら、プロレタリア文学はどこへ向かうのか。

福田は、プロレタリア文学が「それまで自我の本質として考えられていたものが、たんに外部的なもの、社会的なものに還元しうることを明らかにした」(「近代日本文学の系譜」)と述べ、次にように語っている。

共産主義の名のもとに、神の背景を失った自我をそのまま糾合したところで、どうしようというのか。自我はただ謀反するだけである。そして集団的自我を形成し、事態はますます悪化するだけにすぎない。(「エリオット」)

前節で私たちは、福田に沿って「集団的自我」と「個人的自我」とが対立し、「個人的自我」が「集団的自我」から離脱下降してその自我意識を強めていく心的な過程を検討した。ここではそのような「個人的自我」が、昭和に入ってから共産主義という政治的なイデオロギーへと上昇し、その圏域のなかでふたたび「集団的自我」が培われていく事態が指摘されている。「集団的自我」も「個人的自我」と同じく、決して消滅して終わりというわけではない。人が複数の人びととともに社会生活を営んで生を維持していく限り、さまざまな「集団的自我」がそこに形成され、それに異和を感じる「個人的自我」意識もそのつど生じて来る。あるいは自我意識の虚無に直面した人が、仮にある特定の宗教へ帰依して信仰生活を歩もうと決意したとすれば、またその宗教集団への「集団的自我」意識を自己意識のなかに形成していくかも知れない。私たちの生は、このような心的な過程から免れることはできないのである。

加えて福田は、プロレタリア作家たちの現実に対する関係について次のように述べている。

ただかれらはその不安動揺のさなかにあって天から与えられた世界観の整然たる構図に眩惑され、自分たちの立っていた足もとの現実を忘れたままである。このようにして現実において解決せらるべき問題が大幅にずらされて観念の領域にもちこまれたのであった。
(「人間の名において」)

すでに見たように私小説における「個人的自我」意識においても、社会や現実は世俗的なものとして切り捨てられていた。同じように共産主義的なイデオロギーへと上昇する「集団的自我」意識にあっても、社会や現実がまずそのあるがままの実相において捉えられていくのではなく、世界観や歴史観という「観念の領域」の方法論によって裁断されてしまうのである。そこでは、その方法論が指示する準則に適合しない現実の諸過程は、いわば無視し得るものとして顧みられることがない。自己意識はすでに、世界観や歴史観の圏域へと昇天している。このような事態は、吉本隆明が「マルクス主義の体系が、ひとたび、日本的モデルニスムスによってとらえられると、原理として完結され、思想は、けっして現実社会の構造により、また、時代的な構造の移りかわりによって検証される必要がないばかりか、かえって煩わしいこととされる」(「転向論」)と述べたこととぴったり対応する。吉本の言う「日本的モデルニスムス」と、福田の「観念の領域」が重なり合っているのは明らかである。世界観や歴史観が論理的にきわめて秩序だった整合性をもち、高度な抽象性において体系化されていればいるほど、自己意識はそのぶん強くその圏域に引き込まれていく。唯物史観が戦前や戦後においても、長く命脈を保つことができたのも、このような特徴を有しているからであった。もちろんそのような史観の信憑性に信頼して社会や現実を切り取っていく方向は、私たちの採用するところではない。ここでの問題は、あくまでも自己意識のゆくえである。そして、その自己意識のほんとうの確立である。

　こうして福田は、新感覚派・横光利一とプロレタリア作家について「私小説が安易に告白した場所で、それらは安易に告白をしりぞけているのにすぎない」(「告白ということ」)と述べた。「告白」の内容とは、先にも見たように社会や現実を切り捨てたゆえの自我意識の無力感と虚無が表現されたものであって、「自己喪失」へといたった「自己」に相違ない。「自己」は「個人的自我」意識として、最初から失われていたのである。そして福田は、「自我の敗北——のみならず自己喪失すら、作家の真実の保証となしうるごとき芸術概念には、あえて終止符を打たねばならない」(「近代日本文学の系譜」)と語るのである。私たちはこの地点で、ようやく福田が希望を託している自己意識の地平を見ていく入り口に立つことになる。

第三節　自己意識の外部へ

今まで見てきたように、福田恆存は自我意識の虚無を否定したうえで、「ぼくたちは自我のそとに、自我を否定し、同時に自我を支えるいかなる根拠を見いだしうるであろうか。いや、なんとしてもそれは発見されねばならぬ」（「理想人間像について」）と語る。繰りかえすが私たちは、自我意識をまったく消滅させることはできないが、同時にときとして強く現われる自我意識を抑制してコントロールすることはできる。ここで福田が問うているのは、このような自我を意識的にコントロールする自己意識のあらたな確立である。そのためには、自我意識の球体をいったんは突き破らなければならない。自我意識を自ら抑制することで、自己意識がその外部の事象へと通路を切り開いていかなければならない。

前節の冒頭で、私たちは吉本隆明が「自己意識の凝縮の徹底性」（『追悼私記』）を否定していることを見た。それは、福田の言う「自己深化」（「文学を疑う」）であった。さらに吉本は、この「徹底性」について「おれの考えでは徹底性というのは、けっきょく全部だめだとおもう」（『追悼私記』）と言い、「ほんとに人間を元気づける思想があるとすれば自己凝縮の徹底性などではなく、自己凝縮そのものが展びてゆく（のびやぐ）思想だ」（同右書）と述べる。この吉本の言う「自己凝縮そのものが展びてゆく（のびやぐ）思想」が、福田の言う「自我のそとに」追究されるべき「根拠」である。人は芸術家や文学者に限らず、その自我意識に頑なにしがみつき、無自覚にも奥深く内閉していく時期がある。それはその人にとって、自我意識を守り育んでいくことが、ある悦楽の感情をともなうからである。また人は、そのような時間がなければ生きていくことができない。なぜなら環界からのさまざまな圧力や衝撃に晒され続けていることに、自己意識は耐え切れないからである。けれども一方では、自我意識への内閉は、ときに狂気の地点にまで進行してしまう。人は普通、自我意識の深淵へと下降していく途上で、ふたたび外部への通路を見い出していこうとするのである。この意味では私たちは、自我意識とこれを突き破って外部へと指向する自己意識との間で、バランスを取りながら生きている。

福田は小林秀雄をきわめて高く評価しているが、小林の「Xへの手紙」を引用しながら、「「もう充分に自分は壊れて了っている」(「Xへの手紙」)その自分の破片を密室にほうりこんで、小林はみづから錠をおろした」(「小林秀雄」)と述べている。「密室」とは小林秀雄の自我意識であり、小林は、自らの自我意識がすでに「壊れて了っている」ことに自覚的であった。もはや、そのような自我意識に寄り添うことはできない。福田は、小林秀雄の自己意識の着地点をこのように捉えている。

福田はこうした小林の自我意識の否定を、自己意識の一つの理念的な目的地と考えている。ただそこへいたるには、さまざまな紆余曲折があって、彼はその道程を芥川龍之介、国木田独歩、嘉村礒多、太宰治、D・H・ロレンス、坂口安吾などの作家にたどっている。この節の目的は、これらの作家の自己意識のゆくえを、福田に沿って考えてみることである。まず芥川龍之介であるが、福田は次のように述べている。

芥川龍之介は自己主張と自己表白とによって人間完成を意図する文学概念にまっこうから反対した。（中略）自然主義の過失を――生活と芸術との混同をはっきりと見てとっていた。（「芥川龍之介　Ⅰ」）

芥川は、「自己主張と自己表白」を文学の旨とし、「生活と芸術との混同」に陥った自然主義文学・私小説を否定する。芥川の文学の出発点は、ここにあった。福田は、芥川が「生活の側においても、芸術の側においても、その両者の峻別を計った」（同右）とも言うが、これが福田が「私の立場は、つねに「理想」と「現実」との二元論にあるからです」（「少数派と多数派」）と述べたことの言い換えである。「生活」が「現実」であれば、「芸術」は「理想」である。福田の主張における二元論はよく指摘されるが、彼はそのような生き方を、芥川の「生活」と「芸術」との明確な区別に読み取ろうとしている。けれども「理想」と「現実」とを区別したうえで、双方を天秤にかけながら「理想」を追求していくのは、普通の生活者にとってはあたりまえのことである。この意味で、生活者の自己意識はつねにその外部に開かれている。ところが自然主義文学・私小説の潮流にあった文学者は、芸術のなかに生活をもち込んでしまったと福田は捉える。そこでは生活を含み入れた芸術が、彼等の自我意識を形づくっている。少なくとも、芥川はそうではなかった。

けれども芥川の心性には、彼を自殺へと追いつめた苦闘があった。

龍之介の文学は（中略）あきらかに自己否定を基調とするものとなった。彼は近代精神のまえに、そしてそれを代表する血統のまえに、いさぎよく自分自身の低劣を羞ぢ、すすんでこれを否定した。同時に封建的な感情に縛られ無自覚な生活のうちに処世の労苦をなめている民衆の現実に対しても、あえて己が昂ぶった自我の眼をつぶらせた。(「近代日本文学の系譜」)

「近代精神」とは、芥川が憧憬する芸術の美神である。それは同時に、「自我の眼」ともなる。「自分自身の低劣」とは、社会的世俗的で醜悪な現実に浸された彼の心性そのものである。芥川の自己意識は、その両極に足をかけていた。そして彼の苦闘と矛盾は、その両極の間にあってどちらか一方に安住することもできず、その自己意識が引き裂かれたことにある。福田は、芥川が一方で「民衆の低劣さがはたして自分のものでないといえるであろうか」(「芥川龍之介 I」)と自問し続け、他方で「芸術家の純粋性をもって、自己のうちの俗物を否定せしめんとした」(同右)と言う。芥川は生活と芸術とをきっぱりと切り分けてはいたが、そのぶん私小説家のように生活を芸術のうちに解体してしまうこともできず、双方の只中でいわば宙ぶらりんの綱渡りを強いられたのである。このような芥川の自己意識は、日常を営む普通の生活者にとっては、実感しにくいものである。それは生活者にとって、自分の俗物性がそれとして意識されることはほとんどないからである。芥川の自己意識は、美神に仕えて芸術の営為に没頭しようとする純化する意識と、「自己のうちの俗物」をつねに自覚する罪の意識とに同時に苛まれる。

福田はまた、「一方に古典としての近代ヨーロッパ文学が、そして他方に民衆の常識的な義理人情の世界が、両極から龍之介の身心を締めあげた。この相克の具象化に自己の真実を証しようと欲した」(「近代日本文学の系譜」)とも述べている。ここで言われている「民衆の常識的な義理人情の世界」が、先の引用文のなかの「処世の労苦をなめている民衆の現実」に対応していることは言うまでもない。芥川は、自分の自己意識のなかに巣食う「民衆の低劣さ」(「芥川龍之介 I」)に対して自己処罰の感情を抱く一方で、その民衆の下町的な「義理人情の世界」に強い愛着の念を覚えていた。芥川の自己意識は、芸術の完成へと純化する意識と、自己処罰への罪の意識とに分裂していただけではない。彼の自己意識は民衆の生き様についても、「民衆の低劣さ」に対する嫌悪の情と、民衆の「義理人情の世界」への慈しみの感情との間で分裂していた。このいわば二重の分裂が、芥川を自殺へといたるきわめて不安定な心情に誘い込んでいったのである。

吉本隆明は、芥川の『或阿呆の一生』の冒頭に記された「人生は一行のボオドレエルにも若かない」という一節について、「「人生は一行のボオドレエルにも若かない」という断言の背後には、かならずや百行のボオドレエルの詩も、下層庶民の生活の一こまにも若かないという痛切な反語的な自己処罰の鞭があったはずであった。(中略)芥川の悲劇は、ここに胚胎している」(「芥川竜之介の死」)と述べている。芸術は、生活の一部分に過ぎない。しかもその生活を営む自らの出自でもある庶民階層に対して、芥川は嫌悪と慈しみの背反する感情を抱いていた。このような芥川であってみれば、彼の自己意識は芸術の領域へとまっすぐに上昇してそこに自足することも、また庶民階層の生活の場へと回帰してそこに安らぎの場所を見い出すこともできなかったのである。芥川の作品群は、このような緊張のうえに成り立っている。それゆえに福田は、「芥川龍之介の文学はこの善と悪、理想と現実との中間に位する空虚な真空地帯に造形をこころみたもの」（「芥川龍之介　Ⅱ」）であると述べたのである。福田はまた、「この真空地帯を往き来する人間の空虚なうしろ姿の映像」（同右）を芥川の作品のなかに読み取っているが、人間はこのような「真空地帯」、あるいは「空虚なうしろ姿」にいつまでも耐え切れるであろうか。自己意識がどこにせよその安定した着地点にたどり着けなければ、人はその生を持続させていくことはできない。芥川の自己意識がその「真空地帯」、空虚さに耐え切れなくなったとき、彼は自ら命を絶つことを選んだのである。このように見てくると、福田にとって芥川龍之介の文学とその生涯は、自然主義文学と私小説における自我意識が解体した直後の自己意識の彷徨を意味している。自己意識は、なおその落ち着く場所を見い出していない。

福田は、このような自己意識のあらたな方向性の端緒を国木田独歩に見ている。福田は芥川と同じように、独歩の文学について「かれの作品は自然主義作家や私小説作家のように、詩人としての選民意識を払拭しきって、あくまで澄みわたっているのです。ぜんぜん作者の自我意識というものを感じないのです」（「国木田独歩」）と述べて、まず独歩が自我意識から脱却していることを確認している。そのうえで、次のように言う。

独歩は自己のうちに伸び上がろうとする個我の独善をおさえて、もっと地道に民衆の心のうえに近代の芽ばえを育てようとしている。（中略）その底にあるものはあくまで稚拙な苦労人であり、反動的、通俗的にならねばならなかったほど、時流のそとに闘った彼の闘いの孤独にはかならない。（「近代日本文学の系譜」）

福田はまた、「独歩の立場は、（中略）大多数の封建の遺民のうえにあったのである」（同右）とも述べている。明らかなように、福田によれば独歩は、芥川とは異なり明確に「民衆の心」、あるいは「封建の遺民」に自己意識の足場を築くことができた。そこには、民衆の生き様をめぐる芥川のような矛盾した心情は見られない。芸術と生活との関係においても、独歩の眼は生活へとまっすぐに注がれていた。また「反動的、通俗的」という表現に見られるように、福田は独歩のうちに、大衆の日常生活の眼差し、言い換えれば世俗性の視点へと同化していこうとする指向性を読み取っている。社会的世俗的な現実は、たしかに嫌悪すべき低劣さ、通俗性を湛えてはいる。けれどもそれを拒絶してみたところで、何になろう。むしろ自己意識のなかの卑俗さも、心のなかに包み込んで生き続けるしかない。福田は、このように独歩の自己意識のゆくえを見ているように思われる。だからこそ彼は、「独歩はたとえ凡人であっても、（中略）それが存在したという事実において、世界に唯一のもの」（「国木田独歩」）と述べたのであろう。ここで「凡人」は、もはや芸術家の自我意識に対置されているのではない。「凡人」は「「世界に唯一のもの」として、まさに芸術家と等価な者として並び置かれている。こうして福田は、芥川のうちで彷徨していた自己意識の外部への通路を、国木田独歩の大衆観に学ぼうとした。けれどもそれは、通路の入り口に立ったに過ぎない。

自己意識の外部への通路をもう一歩進めたのが、嘉村礒多である。嘉村についても福田は、「自我の安住点はどこにもない。嘉村礒多は人間としての自己の愚劣と醜悪とを克明に描いたばかりでなく、（中略）しかもその背後に芸術家の矜持すら残そうとしなかった」（「嘉村礒多」）と言う。さらに「嘉村礒多に到って、自我は完膚なきまでに解体をうけ、私小説はまさに底を割ったのである」(同右)と述べて、嘉村が、私小説における自我意識の解体をその文学の出発点にしたことを確認する。福田によれば文学者の自我意識だけではなく、その特権意識も、嘉村礒多においてはまったく払拭される。その自己意識は、国木田独歩をさらに徹底した方向性を示している。

たとえば芸術と生活との関係については、独歩はたしかに日常の生活の視点にまで下降してきたが、嘉村はさらに進んでいく。福田は言う。

むしろ嘉村礒多の眼には、芸術こそはかえって自己完成を邪魔だてするものと映った。芸術は生活における自己完成の義務を解除し、(中略)自己完成の努力をたんなる無責任な自己主張と自己弁護、自尊と自己正当化にそらしてしまうものと見えた。(「近代日本文学の系譜」)

福田は嘉村の「蛍火」の一節、「芸術に執心することが、特に高い生活でも、何んでもないではないか。むしろ、だんだん汚れて穢なくなってゆくのが省みられる」を引用しながら、「彼は芸術の世界に済度を夢みながら、始終欺かれては呪詛をはぐくんだ」(「嘉村礒多」)とも述べている。嘉村にとって芸術は、憧憬の対象ではあっても、すでに自己意識が目指す領域ではない。芸術は、社会的世俗的な現実から逃れる安息の場所ではもちろんなく、修練を重ねて「自己完成」を目指す場所として価値づけられてもいない。嘉村は、「一生附き纏うであろう芸術の呪いを恐ろしく思わずには居られない」(「蛍火」)と書いたが、独歩の生活への指向は、嘉村にいたって反転して「芸術の呪い」にまで展開するのである。嘉村は決して芸術を捨て去ったわけではないが、その自己意識にとって、芸術はすでに限りなく遠景へと退いている。芥川龍之介の自己意識は芸術と生活との間にあって、その間を彷徨し続けたが、嘉村は生活の方を指向しながら芸術から退けられ、そのぶん芸術を呪詛することになる。嘉村にとって芸術は、見果てぬ夢に過ぎなくなる。このような自己意識は、その外部への通路をもはや芸術そのものに求めていくわけにはいかない。少なくとも芸術は二義的なものとなり、嘉村の文学は、文学の完成そのものを目的とするものではなくなる。嘉村の自己意識は、ただ文学という表面的な形態を借りて、その外部への通路を模索していったのではないだろうか。

それゆえに福田は、次のように言うのである。

葛西善蔵が彼のうちの芸術家のまえに自己の常識人を捻じ伏せようとしたのとは逆に、嘉村礒多はその作品のうちに、常識と他我の亡霊をして彼の自我を抑圧せんと試みている。（「嘉村礒多」）

すでに「芸術家」はもちろん、「作品」すらも問題ではなくなる。捕えようとされているのは、「常識と他我」である。福田は言う。

問題は嘉村礒多において自我解体をなした裁きの基準が、ほかならぬ古めかしい封建道徳であったという事実にある。（「近代日本文学の系譜」）

「常識と他我」とは、「封建道徳」であり、これを体現した嘉村の周囲の人びとである。独歩も、たしかに「封建の遺民」（同右）に自己意識の足場を置いていた。けれども嘉村は、「封建道徳」そのものが最初から自らの自己意識の生まれ故郷であったことを知悉している。芥川も、もちろん下町の封建的な庶民性が自らの出自であり、これに愛着と嫌悪という背反する感情を抱いていた。けれども芥川は、その自己意識に深く巣食う封建遺制によって、芸術の美神を一方的に裁断してしまうまで徹底することができなかった。このような文脈で見れば、福田が嘉村のうちに捉えた「常識と他我」、「封建道徳」こそが、嘉村の自己意識を外部へと切り開く通路そのものであった。こうした方向性は、日本の知識人が目標とした近代主義とは真逆のものであろう。嘉村にとって芸術家や知識人の近代性の装いも、芸術の特権性も、封建遺制の前ではまったく意味をもたなかったのである。私たちはこうした嘉村の自己意識のあり方に対して、その後進性を笑うことなどできない。むしろ封建遺制の後進性は、ここで逆説的に、日本の近代主義の背伸びした偽の先進性を徹底して批判するための効果的な方法となっている。福田は嘉村礒多の苦闘のうちに、このような近代主義批判へと射程が伸び得る可能性を読み取っていたと思われる。

ここで自己意識のゆくえに関して、特異な経路をたどった太宰治についての福田の評価に触れておきたい。福田は太宰の他に、高見順と武田麟太郎とを加えた三人について、「すくなくともこの三人は精神主義の帰結である自己喪失をはっきり意識していたという点において、（中略）この地盤から腰を浮かさずにそれからの脱出をこころみたという点において、正常な評価を与えられなければならない」（同右）と語る。私たちは前節で、福田の言う「自己喪失」の「自己」に、社会や現実を遮断した自我意識の虚無的な相を見た。福田は太宰がこのような「自己喪失」のあり方に批判的であり、またこの私小説的な自我意識を乗り超えていこうとしていた点に注目する。福田によれば、太宰治もまた私小説の衰退した地点に自覚的に立っていた。そして「僕たちの注目しなければならぬ事実は、彼等三人に共通な庶民性である」（同右）と言う。それでは、太宰の「庶民性」とは何であろうか。

かれの弱気と心のやさしさとが、他人の非を責めるよりは、おのれの不正を鞭うった。他人のまえにではなく、神のまえに、偉くなること――したがって自己主張ではなく、愛の思想にみずからを結びつけることになったのだ。（「太宰治」）

太宰に特有な自己処罰への強い感情はすでに明らかであり、彼が、聖書に自らの罪の意識をことさらに読み込んでいったことも指摘されている。太宰のキリスト教、とりわけて無教会派との関係も、いくたびか論じられてきた。ここでは、これらの問題を主題的に検討することはできない。ただ福田も引用しているが、太宰がその「畜犬談」の末尾で、「芸術家は、もともと弱い者の味方だった筈なんだ。（中略）弱者の友なんだ。芸術家にとって、これが出発で、また最高の目的なんだ」と主人公の「私」に言わせていることには注目しておきたい。私小説が生活を芸術のうちに吸収してしまったのとは逆に、太宰は芸術を生活のうちに解体してしまったと言える。そしてその生活のなかに見い出されていったのが、自己を含む「弱者」としての他者である。太宰はその自己意識の外部への通路を、「弱者」としての他者に求めている。太宰の自己処罰の感情は、たんに自己を見つめているだけではなく、「弱者」としての他者へのつながりもまた希求するものとなる。自分の弱さがどうすることもできないと痛いほど意識されていなければ、「弱者」としての他者とどのようにしてつながることができようか。「弱者」へのほんとうのつながりは、自分もまた「弱者」であらざるを得ない者が、その自己と他者との弱さをそのまま受け入れていくことから始まる。

このような太宰の「弱者」へ向かう自己意識は、福田が見るように神、聖書からの強い影響によって自覚されてきたものであろう。けれども自己と「弱者」への彼の眼差しは、やはりその生来の気質から来ている。太宰の自己意識の外部への通路は、自我意識を解体した後の自己意識の内部への視線を同時にともなっている。そして太宰の情死は、結局この自己意識の内部への視線、つまり自らの弱さと自己処罰の感情とに殉じたものと思われる。

福田はその批評を貫く方法について、D・H・ロレンスから決定的な影響を受けたことに何度か触れている。ロレンスについて福田は、「ロレンスは近代ヨーロッパが生んだ徹底的な個人主義者である。徹底的な個人主義者であるがゆえに、かれはその限界を痛切におもい知らされ、それを打破しようとするこころみに全生涯を賭けずにはいられなかったのだ」（「ロレンスⅡ」）と語る。ここで言われている「個人主義者」とは、ロレンスの自我意識である。ロレンスは、自らがその自我意識に骨の髄まで徹底的に囚われていると自覚していたからこそ、逆に自我意識を徹底化することを通じて、これを克服していこうと考えた。福田は、このようにロレンスを評価する。福田にとって自我意識は、自らの自己意識と無縁なものではない。福田は、その自己意識の内部に巣食う自我意識を受け容れることから始める。こうしたロレンスから学び取った内在的な意識化は、彼の私小説批判と深く関わっている。

ぼくにとって二流に徹するということは、私の真実に徹することであり、そのかぎりにおいて、私小説的文学以外になんの真実もありえぬというぼくたち日本人の絶望に徹することを意味するにほかならない。(中略)ぼくたちは執拗にぼくたちの絶望を固執しなければならぬ――もし希望というものが生れうるなら、それはまさにこの絶望のうちからである。(「私小説的現実について」)

私小説における自我意識の存在は、なにも私小説だけの問題ではない。自我が存在することから、人間の生は逃れることができない。自我は、決して消滅しない。福田の私小説批判の核心には、このような人間存在の宿命が含意されている。このことは先に見た太宰治が、自己の弱さに絶望しつつこれを受け容れながら、他者とのつながりに希望を見い出していったことと関連している。自己の弱さも自我意識も、たんに否定し去ってしまうことはできない。たんに否定し去ってしまえば、それはふたたび観念的な人間の理想像に自我意識を解体させてしまうことに過ぎなくなる。私たちはこうした場合を、プロレタリア文学に見ることもできる。私小説的現実を自己意識の内部にも直視しなければならないと、福田は訴える。

福田はまた、「極限状況に追い込まれた時、人間はどんなことを仕出かすか分からないのだというところから出発して、始めて自己と戦うという工夫が出て来るわけです」(『人間の生き方、ものの考え方　学生たちへの特別講義』）とも述べている。「極限状況」の絶望は、絶望であればこそ、「自己と戦う」希望へと反転してつながっていく可能性をもつ。絶望するときには、人はいったんは徹底的に絶望しなければならない。徹底した絶望は、その虚無の底を突き破る。不徹底な絶望は、ただ自我意識を徒に強めていくだけである。このような福田の自己意識、自己認識は、次に見る坂口安吾に対する彼の評価に関連している。

戦争は敗けるとわかっていた。愚劣である――が、ぼくたちはこれを阻止することができなかった。無用であり無力であるぼくたちにとって可能なことは、（中略）国全体の愚劣さに、それを愚劣と承知して殉じてやること、これ以外にはなかったのである。（中略）坂口安吾は（中略）愚劣さに徹することを意識的に自分の宿命と観じていたからだ。かれは愚かだったのではない――人間というものが愚かであることを知っていたのにすぎぬ。そして自分のうちに愚かさを意識していたのにすぎない。（「坂口安吾」）

自己と人間の愚かさに対する徹底的な絶望、まずはそこから出発するしか方法はない。福田は、このような決意を安吾から読み取っている。この意味では坂口安吾という作家は、地に足のつかない観念を侮蔑した徹底的な合理主義者である。安吾は敗戦直後の荒廃した時代情況のなかで、生き抜くことへの人びとの飽くことなき欲望を直視して、そこから眼を離さなかった。その欲望は、醜悪なまでの激しさを帯びていた。けれども安吾は、人間の生への渇望を、その本来の生き様として宿命として全的に受け容れ、これを肯定したのである。たとえば彼は、「僕は自分の愚かさを決して誇ろうとは思わないが、（中略）そこに縋って僕がこうして生きている以上、愛惜なくしては生きられぬ」（「青春論」）と言う。生きることそのものが、すでに愚かしいことである。それは、一幕の笑劇であろうか。生きることの愚かさを抱きしめることは、同時に愚かさに対する絶望を手放さないことである。そして安吾は、「生きよ堕ちよ、その正当な手順の外に、真に人間を救い得る便利な近道が有りうるだろうか」（「堕落論」）と語るのである。ここには、自己と人間の愚かさに対する絶望から、直接に救済への希望が語られている。徹底した絶望からあらたな生の希望へという逆説的な転換は、福田が安吾に読み取った自己意識の外部への通路である。もちろん言うまでもなく、安吾の言う「自分の愚かさ」（「青春論」）は、その自我意識と何の関係もない。「自分の愚かさ」に縋ることとは、彼がその自我意識を解体させせた後に現れてきた自己意識の内部の宿命と、この宿命を自覚して突き進むことである。このような安吾の自己意識のゆくえを、福田はきわめて肯定的に評価していく。ロレンスと坂口安吾についての福田の読みは、自我意識と絶望の徹底を通じて、逆説的に自我意識の解体とあらたな自己意識の確立、救済への希望を語っている。

先に敗戦直後の混乱のなかで、安吾が人びとの生きることへの凄まじい欲望をそのまま肯定したことを指摘したが、このことは安吾のエゴイズムについての考え方を導いている。彼は、「社会秩序や共同生活の理念はエゴイストでないことや自己犠牲の如きものを根幹としておらず、（中略）我々の秩序はエゴイズムを基本につくられているものであり、我々はエゴイストだ」（「エゴイズム小論」）と言う。ここで言われている「エゴイズム」が、福田の言う「集団的自我」に対立する私小説的な「個人的自我」（「政治主義の悪」）とは異なった心性であることは言うまでもない。安吾の言う「エゴイズム」は、社会や現実から自己意識を切り離して、自我意識を自足した安息の場所として築いたものではない。そこには、特権意識もあろうはずがない。安吾の肯定する「エゴイズム」は、人間が生存を維持していくための強い生命力の発露を意味している。このような生存への生命力の発露は、自己意識を外部へと開いていく不可避の必然的な行動を秘めている。なぜならこの場合の自己意識は、無意識を含めた意識的な領野を超出する身体が、その外部である社会へとつながろうとする欲求にもとづいているからである。生存が脅かされる極限の環境にあっては、このような身体の欲求が満足されなければ、自己意識は身体とともに消滅してしまう。安吾は敗戦直後の混乱のなかで、このような「エゴイズム」と身体の生存への欲求を、そのままに直視し続けた。

安吾による「エゴイズム」の肯定は、福田も共有している。

　ひとの耳を楽しませる鳥の声は、その肉体的なエゴイズムから発している。ぼくたちの目を喜ばせる花の美しさは、その根の強烈な生存欲の昇華にすぎない。とすれば、人間の心理のみがこの自然の法則の例外であるはずはない。(「民衆の心」)

福田の言う「強烈な生存欲」が、安吾の「エゴイズム」と直接に結びついていることは明らかである。身体を維持しようとする生存への欲求は、動植物も人間も変わることがない。むしろこの側面では、人間も動物であるということである。福田も安吾も、身体を意識や精神の下位概念とすることを認めない。身体は意識や精神の観念性とは異なった、またこれらを司ることのできる根源的な力として捉えられている。身体は、自己意識の外部への通路を生命力の超越性の奥から切り開く。観念に対する身体の超越性についての福田の考え方は、その演戯論とも関連してくる。

そして福田は、私小説による自我意識の閉塞とは異なった「エゴイズム」や「強烈な生存欲」から、ほんとうの自己完成の方向性を探っていくのである。福田は言う。

ぼくたちが今後あたらしい美徳を発見しうるものとすれば、それは背徳の闇商人と肩を並べ、かれの政治と文化とに対するふてぶてしい不信の底から自己の人間完成を計ろうとするもののみの能くするところであろう。(同右)

「政治と文化」は、人間の観念が昇華した浮遊物に過ぎない。「背徳の闇商人」は、「エゴイズム」や「強烈な生存欲」を体現した者である。福田は、「自己の人間完成」はこの「闇商人」の欲望から出立しなければならないと言う。これは安吾が、「特攻隊の勇士はただ幻影であるにすぎず、人間の歴史は闇屋となるところから始まるのではないか」(「堕落論」)と述べたことと重なっている。福田による「背徳の闇商人」への着目は、芸術家や知識人の特権意識に対するその激しい批判と通底している。芸術家や知識人の自我意識に対する彼の嫌悪は、反転して大衆の生き様の可能性に希望を託する方向へと福田を導いた。このような大衆の生き様に自己意識の外部への通路を探ろうとする福田の指向性は、安吾と同じく、敗戦直後の時代情況の経験から来ていると思われる。福田は坂口安吾を肯定的に論じることで、自我意識の解体から始まる自己意識の外部への開放の道筋に一つの見通しをつけている。結局福田は、身体の欲求を肯定することに、意識と身体の双方を含めた人間の解放の可能性を託し、そこにまたほんとうの自己確立の立脚点を求めている。

そして福田は、次のようにも述べる。

第一の個人の確立だが、これは戦後日本でも「自我の確立」とか「主体性の恢復」とかいう言葉で盛んに強調された事がある。いや、明治においても福沢諭吉、西村茂樹の様に精神の自立、自我の目醒めの最も必要なるを説いた人は幾らもいた。が、私の言う個人の確立とはそうした抽象的、観念的な事柄ではない。もっと暮しや附き合いにおける我儘の主張、利己心の発揮である。（「生き甲斐という事」）

ここでは「我儘の主張」、「利己心の発揮」、要するにエゴイズムが、日本の近代化、近代主義のあり方との関連で問題にされている。近代主義は、自我意識の確立といった自己意識の内部の相として捉えられる。「主体性」は、自己意識の外部の事象を客体として対象化する自我意識の相である。このように日本の近代化を追っていくなら、福田の近代主義批判が、「我儘」や「利己心」といったエゴイズムの相を根拠にして行われていくのは見やすい。もちろんこの「我儘」や「利己心」の基底には、身体の存在が蠢いている。「我儘」、「利己心」、エゴイズム、身体は、福田の大衆に託する希望を象徴している。私たちはこの地点に、福田の近代主義批判、身体を否定した知性批判の到達点を見定めてもよいと考える。自己意識の外部への通路は、福田にあっては、日本の近代主義批判にまでその射程が及んでいるのである。

第四節　演戯論

福田恆存の批評は、自我意識を批判しながら、自己意識を外部へと開いている展望を作家論のうちに模索していた。福田はさらに、この方向を、独特の演戯論のなかで展開していくことになる。

この世に個性などというものは存在しない——もしそれを仮面と同義語に解さぬかぎりは。とにかく二十世紀の小説家たちは、はじめてそういうことを理解したのです。個性というものもまた仮面にすぎぬことがわかったのです。いいかえれば、かれらは自己の個性を演戯しようとしたのだ——演戯することによってのみ個性は実在しうるのだから。(『藝術とは何か』)

ここでの「個性」は、二つの意味をもっている。一つは、批判、解体されるべき自我意識であり、それは「仮面」として現れることのない「個性」である。もう一つは、「仮面」として現れた「個性」である。この「個性」は、すでに自我意識を解体した「個性」であって、自己意識の外部へと脱け出た「個性」である。福田は、「仮面」にこのような意味での「個性」を担わせている。福田によれば、「仮面」は「演戯」することで、自己意識はその外部へと躍り出て、あらたな形態を取ることができる。ここで結論を先取りして言えば、意識は、すでに自己だけに占有されているのではなく、他者の自己意識へ向けて開かれ、他者からのさまざまな言動を受け容れようとしている。自己意識は他者と出会い、対他者意識となる。福田は、「日本の私小説においては、演戯の自覚と能力とがきわめて希薄」（同右書）であったとも述べている。つまり私小説における「私」は、自らの自我意識を自我に過ぎないものとして自覚することができなかった。「演戯」とは、この意味では自己意識が自らの自我を対自化しながら、自我の解体と自己意識の開放を意識化していくことである。「仮面」は、このような心的な過程へと自己意識を導いていく。

福田は、「仮面」と「演戯」に自己意識の開放への期待を託していくが、このことは、演戯論をたんなる役者の演技論として考える限界を超えていく。たとえば彼は、次のように述べている。

ハムレット役者はハムレットの性格を描写するのではなく、観客がそのつどハムレットにこうしてもらいたいと願うことをやってのけることによって、観客の心理的願望を満たしてやらなければならない。（中略）ハムレット役者は、ハムレットの僕であるまえに、観客の僕でなければならぬのです。（『演劇入門』増補版）

福田はまた、「観客の気魄や欲望によって、俳優は動かされます」（同右書）、あるいは「舞台における演戯の主体は平土間にあるのだ」（『藝術とは何か』）とも言う。福田はここで「演戯の主体」を「平土間」に据えることで、「演戯」を「舞台」という限界づけられた一定の空間から劇場全体へと開放している。さらには「役者」を「観客の僕」として捉えることで、「観客」が「役者」の「演戯」を司る者、つまりは「演戯の主体」として捉えられる。少なくともここで劇場は、「観客」が主体となることで、「観客」の自己意識がその外部へと開放される場所として考えられえている。また「役者」は、「観客」の自己意識が開放されるための機制として「観客」に仕えることになる。通常演劇は複数の「役者」と複数の「観客」とから成り立っているので、ここで「観客」の自己意識は複数の「役者」と出会うことで、複数の対他者意識となる。私たちは演劇のこの局面で、一人の自己が一人の他者へとつながる相から、ひとまず一人の自己が複数の他者へとつながる可能性を見い出すことができる。鴻上尚史は、「演劇がインタラクティブだということの一番の長所は、前述したように、観客とさまざまな形で対話が可能なことです」(『演劇入門　生きることは演じること』)と述べて、役者の立場から役者が複数の観客、つまり複数の他者へとつながる通路を見ている。

ここで観客の自己意識が、複数の対他者意識へと転態する過程をもう少し詳しく検討してみる。ギリシャ悲劇と関連させて、福田は述べている。

ギリシャ悲劇においては、鑑賞者はまったく自由であります。(中略)かれらは英雄主義や自我意識から解放されるのであります。かれらの精神は英雄として運動し、自己を消費し、自我の貯蔵庫をゼロにするために観劇したのであり、当時の劇詩人たちはその要求を満たしてやったのではなかったでしょうか。(中略)精神はゼロであるときにのみ、なにものにもなりうるのです。それは自己にもなりうるし、他人にもなりうる。(『藝術とは何か』)

「自我の貯蔵庫をゼロにする」とは、自我意識が解体され尽くした心的な状態を意味している。ギリシャ悲劇の観客は、ギリシャ悲劇を見ることで、その悲劇に自己意識を没入させ、劇場の外で張りつめていた自我意識をギリシャ悲劇の演戯へと溶解させていく。ギリシャ悲劇の観客は、いつの間にか登場人物たちになり切っていく。こうした心的な状態は、私たちが映画を見るときでも小説を読むときでもよく経験する。自分を主人公の心境になぞらえるのである。けれどもこのような映画や小説での経験は、演劇を鑑賞するときほど激しいものではない。なぜなら観劇の場合は、観客の目の前で、まさに生きている身体が語り、行為し、自在に動き回るからである。私たちは、身体の躍動に圧倒される。ここでは、役者という他者が現前している。「私は私である」という劇場の外での普通の自我意識が溶解した観客は、登場人物たちにその自己意識を投影していくことで、どのような登場人物にもなり切る自由をもつ。言い換えれば自己意識は、複数の他者の自己意識へと憑依する。こうして私たちは、「私は私である」けれども、同時に「私はAでもあり、Bでもあり、Cでもあり……」という自己意識の複数性の心的な相を経由することで、複数の他者への通路を切り開いていくのである。役者たちの演戯が、自己意識の外部への通路となる。

このような自己意識のゆくえは、埴谷雄高がかつて「私は、あくまで自分自身であろうとしつづけながら、同時に、無性に自分自身でなくなろうとする私達の自己格闘する本性を「自同律の不快」と名づけています」（『薄明のなかの思想　宇宙論的人間論』）と語った心性とぴったり重なり合っている。「自分自身であろう」とする自我意識は、決して消滅してしまうわけではなく、また「自分自身でなくなろうとする」自己意識の指向性も一方で止み難く現われてくる。私たちの生は、こうした矛盾した心性のあり方の間で絶え間なくゆれ動いている。そうであれば芸術は、まさに「自分自身でなくなろうとする」自己意識のはかない願望を満たすために存在するのであろう。私たちが劇場へと足を運ぶのも、もう一人の存在するかも知れない自分に出会うためなのかも知れない。またその願望は、人が他者へとつながろうとする欲求を奥に秘めているのである。

また鴻上尚史は、「演劇では、「他人を生きる」ことで、他人と出会い、他人を発見します。（中略）それは発見と気付きの行為です。行き詰った自分の人生が変わる可能性を与えてくれる希望です。だからこそ、他人を演じることは楽しいのです」（『演劇入門　生きることは演じること』）と言う。ここでも鴻上は役者の立場からではあるが、役者の自己意識がさまざまな役を演じていくことで、役のなかのさまざまな自己意識に没入してそれらを経験していく自由を指摘している。演劇においては、観客だけではなく役者もまた、「私は私である」と同時に「私はＡでもあり、Ｂでもあり、Ｃでもあり……」といった自己意識の対他者関係を培っていくのである。劇場空間は観客にとっても役者にとっても、仮構ではあるが、自己意識が外部へと開かれていく通路を人工的に構築した身体的な行為空間である。そして仮構であるからこそ、その自己意識の開けが、まさに劇的に体験できるものとなる。

福田の演戯論には、近代に対する批判が含意されている。彼は「近代の特徴は、良きにつけ悪しきにつけ、個人の自覚ということであります」（『演劇入門』増補版）と述べ、「自分が自分であるためには、共通の場から脱出し、共通の場を破壊しなければならないのです」（同右書）と言う。かつての高度経済成長期にあっては、私たちの意識のうちに、時代の趨勢や社会が指示してくれる明確な生活信条、行動様式の規範がたしかに存在していた。けれども低成長期に入って久しい現在においては、このような社会や世間に一般的に流布された信念体系はもはや存在しない。なぜなら社会が分業を担いながら進む共通の目標を、私たちは失ったからである。そのような社会にあっては、私たちは一見つながり合って見えるようではあるが、そのつながりは仲間内の同質性を確認し合っているだけかも知れない。そこに、異質な他者性が入り込む余地はない。仲間内の同質性は、それが濃密化していけばいくほど、意識的であれ無意識的であれ、個人の自己意識は希薄化し、そのぶん内部に空虚な自我意識を抱え込むことになる。言い換えれば個人がその仲間集団から外部へ出れば、その個人は目まぐるしく変転する時代情況のなかで、浮き草のようにフラフラと他者とくっついたり離れたりするのである。現在の自我意識が空虚であるとは、この意味である。福田の言う「個人の自覚」は、このような自我意識の所在のなさをもてあましている。

そうであれば、福田が語る「共通の場」とは何であろうか。

演劇は（中略）他のあらゆる芸術の、そして政治の、生活の、社会の、いわば現代文明の孤独な自己閉鎖症状からわれわれを救ってくれねばならず、またそれをなしうる可能性をいちばんもっている芸術形式であります。（同右書）

福田はまた、「劇場では個人的なもの、全体からの孤立、分離の感覚は消滅するのです」（同右書）とも述べている。ここで現在の自我意識の空虚さは、「現代文明の孤独な自己閉鎖症状」とも言われる。自我意識は、たんに自我に固執するだけではない。自我意識の病根は、その他者性の欠如にも現れてくる。先に見たように演劇は、観客の自己意識を複数の対他者意識へと転態させるものであった。つまり福田が求める「共通の場」とは、この意味での演劇に他ならない。考えてみると近代という時代は、人間だけではなくさまざまな事象を分離して区分けし、それぞれを分立させていくことで、客体に対する主体の観察を容易にし、認識を深化させてきた時代である。このような人間の営為は、いつの間にか長い期間にわたって、古代の未明の時代の混沌とした未分化の一体感を喪失してきたのである。そうした事態は、とりわけて人間の対他者関係において顕著である。福田の近代に対する危機意識の一つは、この点にある。福田は演劇が、人間の自己意識における失われた複数の対他者意識を回復させると言うのである。

そうであれば、演劇に期待されているこうした機能は、具体的にどのように考えられているのであろうか。先に私たちは、劇場において観客が複数の役者と出会うことで、観客の自己意識が複数の対他者意識へと転態することを見た。加えて福田は、「役者と観客との間に交流があるというのは、いうまでもなく、役者どうしの間に、そしてまた観客どうしの間に、それがなければなりません」（同右書）と語る。問題は、「観客どうし」の交流である。続けて福田は、「私はみなさんにおすすめしたい。劇を見るときには、できるだけ気の合った身うちや友人と一緒に見るようにしたほうがいいのです」（同右書）とも言う。このことは鴻上が、「大勢の観客と一緒に同じ作品を見て、同じ所で笑い、同じ所で泣き、同じ所で感動すると、私達観客は、他の観客を発見します」(『演劇入門　生きることは演じること』)と述べたことと同じである。

観劇に限らず、映画を見たりコンサートホールで音楽を聴いたりしているときでも、私たちは同じ所で笑い、沈黙し、拍手をしたりするときがある。こんなときに私たちは、他の観客との一体感を感じるものである。人間の感じることは同じなんだな、というあの感覚である。家族や友人といった親密圏だけではなく、見知らぬ観客たちとのあの奇妙な一体感が、自己意識が複数の対他者意識へと変化していく端緒の身体的な現れである。ここには、明らかに私たちが同じ体験をいま、ここで共有しているという高揚感がある。高揚感に包まれた観客は、演戯する者たちとともに一つの祝祭に参画していく。祝祭がある限定された空間のなかで執り行われるように、劇場や映画館やコンサートホールも、外部から閉じられた空間である。けれどもそうした場所であるからこそ、私たちの自己意識は、濃密な対他者意識の純化を経験するのである。

したがって、劇場とその外部の空間は厳然と区別される。

観客は劇場まで足をはこんで、現実を認識することなど欲してはいません。かれらが望んでいることは、現実をそとから認識することではなくて、劇場のなかに作られる新しい現実のうちに没入することです。(『演劇入門』増補版)

前節で私たちは、福田が芥川龍之介を論じるなかで理想と現実、芸術と生活とを区別すべきであると主張していることを見た。ここではこの区別が、演劇を鑑賞する観客の立場から語られている。観客は自分たちや役者の日常生活の再現を見るために、わざわざお金を払って劇場にやってくるのではない。喜劇にせよ悲劇にせよ、観客は日常生活とは切断された仮構の物語が演戯されるのを見にくるのである。その物語は、映画や小説で表現される物語ではなく、役者たちの身体とせりふが躍動する演戯である。観客は、それが仮構であることをもちろん認識している。けれどもまた仮構であるからこそ、そしてその仮構を現前する身体が演じているからこそ、観客は彼らの自己意識を「新しい現実」へ向けて、つまり役者たちの演戯された自己意識と身体性へ向けて容易に開放していくことができるのである。このような意味では、役者と同じく観客もまた、仮面をつけていると捉えることもできる。それらの仮面は、劇場という限られた空間の内部ではあるが、自己意識が複数の対他者意識へと転態していくための不可欠な心的な構えである。劇場のなかでは、観客も役者も仮面をつけることで、日常生活とはまったく異なった役を演戯している。

鴻上は、「どこかで生身の人間を感じていたい。ただし、決して傷つくことなく、安全地帯にいいながら、人間の生々しい空気と匂いを感じていたい。だからこそ、ライブ・パフォーマンスに来る人々が増え続けているのではないかと思います」(『演劇入門　生きることは演じること』)と述べ、「劇場は、客席という安全地帯にいながら、最も身近に現実の人間の存在を感じられる場所なのです」(同右書)と言う。現在の私たちの空虚な自我意識は、それが空虚であればあるほど、言い換えればほんとうの自分を探そうと喘げば喘ぐほど、現実のなかで生身の他者と対面すれば、うすい皮膜が破れていくように自我意識はゆさぶられ、傷ついていく。私たちは互いに傷つけ合うことを避けたいために、当たり障りのない表層的な付き合いを続ける。けれども私たちの感情の奥には、無意識ながらも本音で共感し合いたいという皮膚感覚にも似た疼きが存在している。互いに傷つけ合う心配もなく、そのような疼きを満たしてくれる場所が「劇場」であると、鴻上は語るのである。平たく言えば私たちは、他者とのつながりを求めて劇場へ出かける。そしていっときではあるが共有された高揚感に浸り、劇場を出て日常生活に戻っていく。劇場空間は晴れの舞台であり、観客はそこで日常生活の汚れを払い落としていく。このような生活の循環は、何も芸術に関心のある人びとに特有なものではない。いわゆる気分転換とは、誰でもが感じる日常生活で積もった垢を洗い流すことである。観劇もまた、そのような生活サイクルの一部である。

芸術と生活、劇場とその外部との区別は、さらに劇場の外の現実の生活において、仮面をかぶることの意味を探ることでもある。福田は述べる。

たとえば妻にたいして夫が仮面をかぶれば——なるほど、両者のあいだの愛情の欠如を糊塗しうるでしょうし、家庭の平和をある程度まで維持することもできましょうが、同時に、こういう考え方の根本には妻にたいする夫の、素面まるだしでいるものにたいする仮面をかぶれるものの、徹底的な不信と軽蔑とがひそんでいないでしょうか。仮面をかぶれるものは、(中略)相手には操縦されずして相手を操縦できるのです。(『藝術とは何か』)

福田はまた、このような事態は「自我意識を温存し補強し、相手をその支配下におきながら、相手にはぜんぜん手をふれさせまいという魂胆にほかならない」（同右書）とも言う。劇場の外部で人びとがかぶる「仮面」は、劇場の内部で役者が演戯する役としての「仮面」ではなく、また観客としてその自己意識が複数の対他者意識のうちで役者たちに対して向けられている「仮面」でもない。劇場から出て日常生活でかぶる「仮面」は、生活諸過程のなかでそのつど振り当てられ、遂行されていくさまざまな役割である。このような役割は、もちろん対他者関係において遂行されていく。けれどもその役割が、他者にも振り当てられている役割を固定化しつつ自己に振り当てられている役割を特権化してしまえば、そのような役割は他者をコントロールしようとする自我意識となる。ここで自我意識は、自己を他者から防衛する働きから転じて、他者の自己意識を自己のそれに従属させようとする能動性をもってくる。福田の言う「自我意識」は、ここではそのように捉えられている。もちろん対他者関係において、自我意識はいつもこのような支配的な能動性だけに占められているわけではない。けれども私たちの生きる現在は、他者を管理し制御しようとする自我意識の側面が、無意識にも肥大化していく危険性を増大させている。それは現在の自我意識の空虚さが、あらたな存在の証しを求めて、他者の自我意識と衝突する場合があるからである。そのような自我意識は、自己と比較してより弱い者を標的にしていく。

いずれにしても福田は、現在の生活における「仮面」を否定的に評価した。そして「人生においては、芝居と異り、自分の自由意思で選んだ役を演じ、自分の書いたせりふを喋っている、誰がそう言えるだろうか。それはこの上無い自惚ではないか」（「フィクションという事」）と問い、「人生が芝居以上に芝居であるならば、吾々は自己に対してではなく、その芝居に対して誠実でなければならぬ」（同右）と言う。日常生活において振り当てられたさまざまな役割は、当然ではあるがそのつどの対他者関係によって規定されている。夫と妻とは役割から見れば相互規定的であり、学校の教師と生徒、職場の上司と部下もそうである。社会的生活がそのような相互規定的な行為遂行であるなら、人生のほとんどは、福田の言うように「芝居以上に芝居」である。つまり人生もまた、演戯であるに相違ない。けれども人生における演戯は、日常生活における「仮面」でもあって、自己意識の外部への通路として、複数の対他者意識へといつも開かれているわけではない。むしろ現在の日常生活にあっては、そのような自己意識の開け、豊かな想像力が育む他者とのつながりへの展望は、徐々に狭くなっている。けれども福田は、そのような現実の生活を直視し、ひたむきに真摯に生きるべきであると言う。

だが現実の生活に対するこのような福田の捉え方は、決して現実に屈服してしまえばよいと言っているのではない。たとえば彼は、次のようにも語っている。

演戯によって、ひとは日常性を拒絶する。（中略）それは現実からの逃避ではない。逃避したのでは、私たちは現実のうえには立てない。現実を足場とし材料として、それを最大限に利用しなければならぬのだ。現実と交わるというのは、そういうことである。私たちの意識は、現実に足をさらわれぬように、たえず緊張していなければならぬと同時に、さらに、それを突き放して立ちあがれる「特権的状態」の到来を、つねに待ち設けていなければならない。（『人間・この劇的なるもの』）

ここで福田は、現実の生活は不如意なものであるとして、これを受け容れて諦めているわけではない。また劇場へ足を運ぶこと、あるいは芸術一般の美を享受することが、現実の苛酷さから眼を背けることに過ぎないと嘆いているのでもない。福田は日常生活を送っていくなかで、人びとが感じるさまざまな非条理や孤独感を、逆にそれらを克服していくための跳躍台として、あるいはあらたな生きる指針を生み出していくための経験として捉えていくべきだと訴えているのである。言い換えれば、私たちの自己意識が、その外部の複数の対他者意識へと開けていき、他者とのあらたな想像性に満ちたつながりを築いていくことは、まさにこの現実の日常生活においてこそ果たされていくのである。福田の言う「特権的状態」とは、劇場の内部で遂行される演戯であり、それは、たしかに劇場の外部の現実において営まれる生活行為とは異なった一つの理念的な行為である。けれども、それが観客によって生活行為とはいったん切断された理念的な行為として体験され得るのは、逆説的にも現実の生活諸過程のなかで観客が普通の生活者として、彼らが劇場の内部で共有できる自己意識の高揚した対他者意識をあらかじめ遠望しているからである。この意味では演戯とは、天空のどこからか地上へと降ってきた生活者とは無縁の賜物ではない。私たちはすでに日常生活の労苦の積み重ねのなかで、自分の自我に対する後ろめたさを感じ、他者とのワクワクするようなつながりの可能性を求めている。それは、私たちが福田に沿って自我意識の解体、そして自己意識の開けとその複数の対他者意識への転態として検討してきたものである。福田の演戯論は現実を足がかりにしながら、そのような展望へと私たちを導いている。

第五節　言葉と身体

私たちはたとえば他者と会話を交わしているとき、あるいは一人で文章を書いているとき、表現された言葉が十分に自分の思いを表出していないと感じて、ある種のもどかしさを覚える場合がある。それは自己意識の内部における混沌とした思念と、その思念を表出しようとして言葉へと定着させていく心的な過程とが異なった位相に属するからである。つまり言葉は、思念を直接に表現することができないのである。思念と言葉とがぴったり重なり合って同致すると臆断することを、福田恆存は「ことばの論理的効果と心理的効果とが一致するという安易な考え」(『演劇入門』増補版)であると退けている。つまり思念と言葉との間には、かならず捻れ、あるいは歪みが存在している。そしてこのような捻れ、歪みによって自己意識の内部の思念の方も、選択された言葉によって刻々とその形を変えていくのである。このような心的な過程を福田は、「自分が現在そうなっている心の状態に名を与えるということは、その状態に終止符を打つこと」(『批評家の手帖』)であると表現している。「名を与える」とは言葉として表現することであり、「心の状態」、つまり思念は、言葉という形態のなかで表象化される。そうであれば言葉は、思念から自律してその独自の機能をもつようになる。つまり福田によれば、「言葉が個物になる。あるいは個物にひとしい存在を、いや、私たちより個物らしい個物の存在を主張しはじめる」(同右書)ようになる。

このように考えてくると、言葉を中心とした私たちの存在は、自己意識の内部の思念とその外部の事象、そして言葉との三項で成り立っていることになる。仮に言葉が自己意識の内部と外部とを直接に媒介する場合とは、たとえば私が他者に「そのコップを取ってください」と伝えるときのように、明確に対象を指示している場合であろう。私たちがここで検討したいのは、そのような指示的な働きをする言葉ではない。問題にしたいのは、自己意識の内部の思念やその外部の事象から自律して、さらには私たちが思念や事象に与えている意味連関を解体してしまう言葉である。それは福田が、「物語や小説が仮構の世界である前に、既に言葉が仮構の世界なのである」（同右書）と言うところの、そのような言葉である。福田は「仮構の世界」としての言葉の極点に詩を見ており、「詩においては、言葉は現実と読者との間に立ちはだかり、それ自身の姿に読者の注意を求める」（同右書）と言う。詩において言葉は、対象からの自律的な自在さを、直喩や隠喩を駆使することで最大限に享受する。言葉は言葉の世界で飛び跳ね、作者や読者の思念から自由に遊離して、言葉と言葉との意味連関を脱色してしまう。そのような言葉は、指示的な機能が支配的な日常の生活言語とは異なる芸術言語である。福田にとって芸術と生活の区別は、言葉においても適用されている。

興味深いのは、福田が演劇のせりふにおいても、思念から自律して固有の働きをする言葉と同じ機能を見ていることである。彼は、「一つにせりふを発する前に話し手の脳裏にあった想念は、その思いの丈を言い尽そうとして最初の一語を発した瞬間から、言葉が言葉を喚び、言葉が想念を支配し始めます」（『演劇入門』増補版）と述べる。ここではせりふを喋る役者の役の思念と、そのせりふとの関係が問題にされており、せりふも劇場の外部で話される言葉と同じように、役者の役の思念から自律した機能をもつと言われる。役者はたしかに演戯している最中に、あらかじめ与えられたせりふが、ときとしてその役者が演じる役の思念を十分に表現できないこと、あるいは会話をしている相手の役に対して、その思念を明確に伝えてはいないことなどを感じるであろう。けれどもせりふをめぐるこのようなもどかしさは、役者よりもむしろ観客の方が強く感じる場合が多いのではないだろうか。観客は各人各様に登場人物の自己意識の内部の思念を推測し、そのせりふの表現された意味も各人各様に解釈する。ある観客にとっては、ある登場人物のあるせりふがその思念を十分に伝えていると感じよう。けれども他の観客にとっては、その同じ登場人物の同じせりふを通しては、その思念の真意が曖昧となろう。せりふの自律的な機能は、このように観客によるせりふの受け止め方により関連している。

観客が感じる役者のせりふに対するもどかしさは、観客が劇場の外部へ出て、日常生活を送る会話のやり取りのなかでも経験される。それはこの節の冒頭でも見たように、自己意識の内部の思念と、その思念が言葉として表現、定着された形態とはどうあっても同致しないからである。それでは、なぜこのような事態が現れるのであろうか。福田はそれを、言葉のもつ二つの側面から解き明かしている。

ことばの客観的効果は主として論理に頼っており、その主観的効果は心理に根ざしております。とすれば、ことばはつねに論理的側面と心理的側面との二重性を担っているといえましょう。（同右書）

福田は言葉の「論理的側面と心理的側面」とを、「ことばとそれを口にする主体の心との二重性」（同右書）とも述べている。私たちは普通、他者の言葉が他者の経験をそのままに私たちに伝えていると前提して会話を進めている。それはそのようにあらかじめ信憑してしまわなければ、日常の生活が営めないからである。けれども、私が他者の発する言葉だけにその意味を探ろうとすれば、私は他者の言葉において表現されていない領域を見逃してしまうことになる。言い換えれば、他者の発した言葉が福田の言う「ことばの客観的効果」であり、言葉に表現されていない領域が「その主観的効果」である。日常生活のなかでは、前者の方が支配的であり、後者の方は気づかれることが少ない。ここで私の自己意識における思念と言葉の乖離は、他者の自己意識における思念と言葉の乖離、さらには他者の言葉において顕在化された思念と潜在化している思念との分離へと問題が展開している。そしてこのような思念の分離は、私の自己意識と他者の自己意識とは異なるというあたりまえの事実から来ている。言葉に表現されることのない潜在化している思念は、他者の経験を私が他者になり代わって経験することなど決してできないということを語っている。要するに、私は他者の痛みをそのままの形で体験することはできない。そうであれば、自己意識の外部にある対他者意識への通路は、どのように開かれていくのであろうか。ここでは複数の対他者意識ではなく、一人の私と一人の他者との関係が問題になっている。

福田はまず、演戯において一人の登場人物のせりふが、対話しているもう一人の登場人物へその思念が十分に伝わるための方法を模索する。

相手のせりふを聴く事が何より大事だという持論の蒸返しになりますが、要するに、すべてのせりふにおいて、それ自体の意味内容より関係の方が先行するという事、観客に見せなければならぬのは、何よりもその関係なのだという事を知っておいてもらいたい。(同右書)

福田はここで、役者のせりふの問題に即して、思念とせりふとの乖離をできるだけ縮減させていこうと試みている。ここで言われている「関係」とは、一人の登場人物ともう一人の登場人物との「関係」である。そしてこの「関係」を浮き出すために、二人の登場人物の間で交わされるせりふが問題となっている。福田が「相手のせりふを聴くことが何より大事だ」と言うとき、主体はあくまで呼びかける側の登場人物であって、客体は呼びかけられ、その呼びかけを聴いたうえで応答する登場人物である。能動性は、呼びかける側にある。このような関係性は、当然劇場の外部での他者との会話のやり取りにあっても生じてくる。福田はもちろん、この点に気づいている。ただし私たちが注意を傾けなければならないのは、呼びかける側である。それゆえに福田は、次のように言うのである。

「ぼく、帰ります」というせりふから「ぼくは帰りたくない」という気もちを読みとれたなら、そうそう「だまされた」という事態は発生しないでしょう。そのために、われわれはまず、ことばとそれを口にする主体の心との二重性を読みとる眼力を養わねばなりません。さらにわれわれはそれを読みとるだけではなく、この二重性を逆に利用して自分の

生活を深く豊かにする演戯力を自分のものとしなければならない。（同右書）

自己意識が対他者意識へと開けていくための最初のきっかけは、他者が私に呼びかけてくるときである。そこではまず、表現された言葉が投げかけられてくる。そのとき私は、さしあたり他者の言葉を沈黙して聴かなければならない。ただその私の沈黙のうちには、他者へ応答しようとする言葉が自己意識のなかで混沌とした形で生まれてくる。けれども私は、他者の言葉をそのまま受け容れなければならない。つまり福田が例に出した「ぼく、帰ります」という他者の呼びかけを、私はそのまま聴くのである。なぜなら他者が投げかけてくる言葉が、自己意識の内部の自我意識にゆさぶりをかけてくるからである。私は、自分の自我意識を抑制するために「聴く」のである。「相手のせりふを聴くことが何より大事だ」と言う先の福田の主張は、このような意味である。まず聴くことの私の受動性がなければ、自己意識は対他者意識への通路の入り口に立つこともできない。聴くことの受動性があってはじめて、私は他者へ能動的に応答することができる。私と他者との間に、言葉が交わされる。私と他者との関係性は、さしあたり言葉を媒介にしてのみ浮き彫りになってくる。

けれどもすでに明らかなように、言葉は私の思念をそのまま表現するものではなく、また他者の言葉は、他者の思念をそのまま表したものでもない。言葉は、そのような固有の間接性と限界性をもっている。そうであれば、福田の言う「ことばとそれを口にする主体の心との二重性を読み取る眼力」は、これを完全に体得することなど人間にはできない。ただ私たちは、この「眼力」を鍛えようとすることはできる。そのためにも私たちは、他者との間で言葉を交わし続けるのである。他者の自己意識の内部に、少しでも肉迫しようと努めるのである。しかもそれは、言葉にしかできないこともまた事実である。言葉を媒介とするなら、自己意識の対他者意識への開けは、このような言葉の背理につねに付きまとわれることになる。

それでは言葉のもつ間接性と限界性を超えていく方向は、どこに求められるのであろうか。


自分の心を誠実に語ろうとすればするほど、そういう人ほど、ことばというものがいかに不完全で、自分の心を裏切るかということを切実に感じるはずです。（中略）そうすれば、われわれはその不完全なことばを補足して、間違いなく相手に真意が伝わるような工夫をこらそうとするにちがいない。表情とかしぐさとかがそれです。（同右書）

明らかなように、福田は思念と言葉の乖離を縮減していく方向に、「表情とかしぐさ」、つまり身体を考えている。ここで問題となっているのは、言葉と身体との関係であり、福田は身体が「不完全なことばを補足」すると語る。言葉を媒介とした私と他者との関係においては、身体はどのような役割を果たしていくのであろうか。この問いは言い換えれば、自己意識の対他者意識への開けという意識間の相に、私と他者との身体がどのように関係しているのかという問題である。私と他者とはそれぞれに身体を有しているが、それらの身体も私と他者とがつながり合おうとするなかで、意識や言葉と同じように身体固有の機能をもっている。

福田は言葉を論じるときと同じように、身体についても、まず演劇のせりふに関連づけている。彼は「戯曲のせりふは声をともない、それをいうときの表情やしぐさをともないます」（同右書）と述べるが、とくに重視しているのが、「フレイジング」である。福田は「フレイジング」が「「句切り」の意味」であり、それが「時々刻々の息遣いを伝えるもの」（同右書）だと述べ、次のように言う。

一語、一語、一句、一句が、自分の意識を中心として、どの程度、その中心から離れ、外に出て行き、再びそこへ戻って来るか、その話し手と言葉との距離をありありと観客の耳に感じさせる事、それがフレイジングの技術であります。（同右書）

先に見たように、役者のせりふも、その役者の役の思念から自律した機能をもつと言われていた。けれども役者がそのせりふに対して感じるもどかしさは、せりふを聴く観客の方がより強く感じることを指摘した。ここでは役者の役の思念とせりふとの乖離、そしてさらには観客が感じる役者の役の思念とせりふとの乖離をも、「フレイジング」が縮減していくことが主張されている。「フレイジング」は「息遣い」であるが、明らかなように「フレイジング」を通じて、せりふはまさに声の調子、抑揚、つまり節回しとして役者の身体そのものとなる。せりふはさまざまな「句切り」の起伏によって、役者の役の思念を最大限せりふのなかに表現しようとする。また観客はそのようなせりふの「句切り」を耳にすることで、役者のせりふの奥にある役の思念により肉迫していくことができる。「句切り」、「フレイジング」は、このように役者と観客の双方に、せりふを身体として送り届けてくるのである。

鴻上尚史は「演劇は、人間の速度は頭ではなく、身体の速度なんだと、私達に教えてくれるのです」(『演劇入門　生きることは演じること』)と語るが、鴻上の言う「身体の速度」は、福田の「フレイジング」に直接関連している。演劇が身体によって演戯されるものであるとすれば、「身体の速度」はまた、せりふの「句切り」のなかに表現されている。このように見てくると、せりふが「フレイジング」によって身体となることは、意識レベルにおける役者の役の思念とせりふとの乖離の間接性を直接的に、言い換えればより身体的に乗り超えていく展望を開いていく。このような展望は、劇場の外部で交わされる私と他者との言葉についても当てはまるであろう。

福田はせりふの問題を、日常生活における会話のあり方へと敷衍しながら、次のように語る。

ことばは精神の存在様式であり、精神そのものである。が、同時にそれは声音としてわれわれの呼吸や、脈拍のリズムをつたえるものであり、また視覚を刺戟するさまざまなイメイジをもっています。その他、精神は種々の生理現象と無関係には活動しえない。適切なことばは精神と肉体との出あう場所となるのだ。(『藝術とは何か』)

劇場で役者のせりふが身体性を帯びることで、観客が役者のせりふをより身体的に受け容れることが、日常生活における私と他者との会話にあっても生じてくる。それは福田の言うように、「声音」、「呼吸」、「脈拍のリズム」をともなうことにより、会話の言葉を身体そのものとするのである。たとえば他者から言葉を投げかけられるとき、私たちはまず顔を中心とした他者の身体に直面する。福田の言う「視覚を刺戟する」というのは、まず他者が身体を有しており、私がその他者の身体を視るということである。より具体的には、最初に他者からの眼差しを私は受け容れるのである。私にとって他者の身体が可視的であることが、他者の言葉が身体性を帯びることの端緒である。私の眼の前のこの他者の身体の現前が、私の自我意識が解体していくことの最初のきっかけとなる。私は他者の身体によって、私の自己意識の対他者意識への開けへと導かれていく。この点に、言葉に対する身体の根源性がある。私に対する他者の言葉の呼びかけは、他者の言葉の「句切り」、「フレイジング」を通じて、他者の思念と言葉との乖離を乗り超えていく。このような事態は、私に対する他者の呼びかけだけではなく、他者に対する私の応答にあっても成り立つ。こうして私と他者とは、各々の言葉が各々の身体性を帯びることで、各々の自己意識の対他者意識への開けを相互に血脈化し、より強めていくのである。この意味で私と他者との身体の直接性は、各々の言葉の観念性を制御しつつ、自己意識の内部の思念と言葉の乖離の間接性を超えていく。（これらの点については、拙著『生きるつながりの探求——他者・信仰・文学』を参照されたい）。

さらに福田は、身体の行動性についても言及している。この問題も、演戯のせりふに即して論究される。

> せりふのみによって書かれる戯曲は、終始一貫、外面から見た世界の描写であって、説明は許されないのです。劇はもっぱら行動の世界を描くというのは、そのことであって、（中略）戯曲においては、せりふもまたそれ自身行動的なのです、それが真の意味のせりふであるかぎりにおいては。（『演劇入門』増補版）

ここで福田は、戯曲と劇場における演戯とを区別していないが、役者のせりふが役者の身体の行動そのものであることは明確に語られている。戯曲において説明がないということは、せりふの意味ではなく行動が示されているということである。つまり戯曲の物語の時間的な展開が、演戯においては役者のせりふの身体性によって、まさにいま、ここでの現在性として観客の眼の前で繰り広げられるわけである。この点については、「シェイクスピアのせりふはその意味で最も現在的である。それは流動する現在である」(「翻訳論」)とも言われる。さらに役者の身体としてのせりふは、役者の役の自己意識を瞬時にして、観客に送り届けることを可能にする。それは、役者のせりふが身振りをともなっているからである。福田は、「彼(シェイクスピアのこと――引用者注)のせりふは一語一語その話し手の時々刻々の身体的な身振り」(同右)であると言う。こうして福田は、「せりふの行動性、あるいはそれこそ、せりふの「演劇性」というべきである」と語る。

「せりふの行動性」(『演劇入門』増補版)とは役者の身体の行動性であって、それはまた、役者がせりふを喋るときにともなう「身振り」である。「身振り」はさらに、役者の役の思念と言葉との乖離を限りなく縮減しながら、いま、ここでの一回性として、つまりは「身振り」の現在性として観客の自己意識へと訴えかけてくる。こうして「せりふの行動性」は、観客の自己意識が劇の登場人物たちという複数の対他者意識への開けを、役者の身体の躍動を通じてもたらすのである。ここで重要なのは、やはり身体の動きが身体であるがゆえに固有に帯びる瞬間性である。身体の動きの瞬間性、一回生が、せりふの表層的な意味合いの解釈を、やすやすと退けていくのである。

せりふの身体としての瞬間性、より具体的には「身振り」が、一瞬にして役者の役の思念の解釈を打ち消してしまう。福田は、「もし身振りが消滅すれば、その瞬間、言葉は単なる「意味」に堕してしまう」(「翻訳論」)と言う。ただ役者の身体の行動だけが、観客の眼に飛び込んでくる。観客は、役者の身体の動きによって追いつめられると言ってもよい。こうした事態が、小説を読んで味わう場合と観劇との根本的な違いであろう。読書では、読者によってさまざまな解釈の相違が存在し得るが、観劇では、役者の身体の現前がそのような解釈の違いの生じる余地を限りなく狭くしていく。

こうした劇のせりふのあり方は、劇場の外部の日常生活での会話にあっても、私たちがいつも経験していることである。劇場の内部で役者のせりふを感じ取る観客の経験は、生活のなかで普段やり取りされる言葉についても、同じように当てはまる。福田は、たとえば次のように述べている。

「身振りとしての言語」の著者ブラックマーは、身振りは言葉に生得的なものであって、その機能を奪われた言葉は死に瀕すると言っている。言語ばかりではない。人間のあらゆる営みは身振りを伴い、身振りとして理解される。ブラックマーはそう言いたいらしい。(中略)身振りは何物かの表現ではなくて、その物の行動なのである。あるいは、表現は行動なのであって、反射ではないと言ってもよい。(同右)

ここでとくに考えてみたいのは、私の身体と他者の身体との触れ合いと、その際に相互に交わされる言葉との関係である。たとえば私たちは、握手のときに互いの手を握り合う。さらに親近感を表現するために、私と他者とは互いに抱擁し合う。あるいは他者が悲しみのなかにいるとき、私は他者の肩にそっと手を触れ、抱きしめるかも知れない。握手にせよ抱擁にせよ、それらは福田の言う「身振り」である。私の他者に対する親近感や共感、あるいはときによっては反感の思念は、そのまま直接に「身振り」となって、私と他者との身体の触れ合いという「行動」として現れる。そのような「身振り」、「行動」は、私の思念を言葉を通じて表出しようとして、あれこれ言葉を選択しながら表現するときよりも、明らかに強く私の思念を他者に対して伝えることができる。私の身体と他者の身体の相互の現前と接触は、身体の直接性において、言葉の間接性と限界性を突き破って思念を行動のなかへそのまま表出してしまうのである。言い換えれば、行動は思念を可視化する。ここで私の自己意識は、身体へと転態し、その私の身体が他者の自己意識を超えて他者の身体へ直接に届いていく。

ここで私の自己意識の対他者意識への開けは、意識の間接的な水準から身体の直接的な水準へと高次化している。このように身体は、私と他者とのつながりを言葉とは異質な相で実現し、強めている。福田はとくに身体に即して、他者とのつながりを主題的に論じているわけではない。けれども彼の「句切り」、「フレイジング」、「身振り」などへの言及は、私と他者とのつながりを自己意識の開けの水準から、身体の開けへと展開していくための豊かな論点を秘めている。

第六節　身体としての自然

福田恆存は「演技」ではなく、「演戯」と書き記すが、これは彼の自我意識批判と関連していて、「私たち日本人は、自我のうちに自分と他人という二つの要素しか見ていない。他人を見る自分と、他人に見られる自分と。（中略）それはあくまで相対主義的である。いわゆる演技が他人に見せるためのものに終始するのも当然であろう」（『人間・この劇的なるもの』）とする認識から来ている。私の自我意識による他者に対する判断と、他者の自我意識による私に対する判断とが、それぞれに対立し合っているとき、あるいはそれぞれに一致しながら同意し合っている場合でさえも、互いの相手に対する判断が絶対的に正しいとは言えない。なぜなら自我意識は、本質的に自己の心性に対してだけにしか関心がないからである。そのような自我意識は、対他者意識へと開かれていくことがない。そうであれば私と他者との自我意識は、つねに「相対主義的」であらざるを得ない。それゆえに福田は、「演技説は、あらゆる偶然や、とりとめなさを、生活と作品のうちに導入する」（同右書）と述べたのである。つまり互いの相手に対する私と他者との判断は、相対性や偶然性に左右されることになる。自我意識はこの世からまったく消滅してしまうことはないので、私たちは私と他者に対する判断において、このような偶然性につきまとわれる。

「演技」がこうした限界のうちにあれば、「演戯」はどのように捉えられるのであろうか。

私たちが欲するのは、事が起るべくして起っているということだ。そして、そのなかに登場して一定の役割をつとめ、なさねばならぬことをしているという実感だ。（中略）他人に必要なのは、そして舞台のうえで快感を与えるのは、個性ではなくて役割であり、自由ではなくて必然性であるのだから。生きがいとは、必然性のうちに生きているという実感から生じる。（同右書）

福田は、「劇的に生きたいというのは、自分の生涯を、あるいは、その一定の期間を、一個の芸術作品に仕たてあげたいということにほかならぬ」（同右書）とも述べる。私たちは、自分の人生がただ食べて眠ってという身体を維持していくための生理的な欲求にしたがっているだけだとしたら、そして人生が自己意識の外部のさまざまな出来事にただ左右されているだけだと感じるなら、救われることのない底知れぬ虚無感を覚えるだろう。たしかに生きることは偶然に満ちているが、自己意識は普通、私の生が偶然だけに支配されているなどとは考えない。偶然のなかにありながらも、さまざまな目的の実現のために、私は自己意識が適していると判断する必然的な行動を採るのである。それは、自己意識に対してだけではなく、他者の自己意識に対しても妥当だと判断される私の行動でもある。この行動は他者との関係にあっては、私の自己意識の対他者意識への開けであり、福田の言う「役割」の遂行となる。私の「役割」は、他者に対しての他者のための「役割」である。私は私に対しても他者に対しても、「役割」の遂行を必然と捉え、その必然性において私の生の「生きがい」を感じる。この点で、自己意識の対他者意識への開けは、他者の喜びの実現へ向けた利他意識へと展開していく。福田の「劇的に生きたい」をこのように解釈してくれれば、「演戯」とは、他者のために私がその「役割」を不可避的に、言い換えれば必然的に果たしていくことであろう。「演技」の偶然性は、「演戯」の必然性のなかで乗り超えられていく。それは自我意識が解体され、自己意識が利他意識へと高次化していくことである。

福田はさらに、必然性を「全体」に関連づけていく。

一生を整え、それに必然の理由づけを附することは、つひに個人の仕事ではありえないのだ。個人は（中略）、自己を全体に奉仕せしめなければならない。必然性といふものは、個人の側にはなく、つねに全体の側にある。（同右書）

あるいは「必然とは部分が全体につながっているということであり、偶然とは部分が全体から脱落したことである」（同右書）とも述べている。福田の言う「部分」とは、私の自我意識のことであり、「全体」とは、私と他者との自我意識を内部に含んだそれぞれの自己意識を統合しつつ、これらを超えたものである。私と他者との双方の自己意識の利他意識への開けは、このような「全体」においてのみ可能である。あるいは利他意識にもとづいた他者のための私の行動は、この「全体」のなかに私を位置づけることで、有意なものとなる。ここで「全体」は、たとえば神のような唯一絶対の存在を意味してはいない。福田は神を信じること、信仰についても肯定的に論じているが、ここで言われている「全体」は、いわゆる信仰の対象ではない。むしろ「全体」とは、信仰のあるなしにかかわらず、生と死を循環する人間の存在様式そのものである。福田は言う。

　私たちがどれほど知的になり、開化の世界に棲んでいようとも、自然を征服し、その支配下から脱却しえたなどと思いこんではならぬ。私たちが、社会的な不協和を感じるとき、そしてその調和を回復したいと欲するとき、同時に私たちは、おなじ不満と欲求とのなかで、無意識のうちに自然との結びつきを欲しているのではないか。（同右書）

　人間が抱く自然に対する征服欲は、自然に対決しようとする人間の共同の自我意識である。人間は、こうした意味での共同の自我意識から自由になることはできない。近現代の科学技術文明の進展は、自然に対峙する共同の自我意識が肥大し続けてきたことの帰結である。この事実は、人間の行為の善悪といった価値づけの問題とは関係がない。これからも未来へ向けて、科学技術はより高度化されていく。自然の脅威を制御していこうとする人間の共同の自我意識は、決して消滅しない。けれども同時に人間は、さまざまな形で、自然が人間の力ではどうあってもコントロールできない領域をもっているということに気づいてきた。それが、「社会的な不協和」として現われてくる。つまり自然に対する人間の共同の自我意識の限界が、露呈し始めたのである。福田の言う「自然との結びつき」とは、いっときであるにせよ自然に対峙しようとする私たちの自我意識を、自然のなかへと溶解していくことである。それは、自己意識を自然へ向けて開放していくことである。このような自己意識の対自然関係への開けは、持続可能な成長とか自然との共生といったような処方箋を意味しない。それらはなお、自然との関係において自然と人間とを客体と主体とに分離しつつ、この枠組みのなかで自我意識を前提にしているからである。近現代の科学技術は、このような構図に囚われている。

そして先の引用文中の「全体」とは、自我意識が溶解して私と他者との自己意識が相互に触れ合う場所であり、さらにそれらを含み入れたより高次の「自然」のことである。福田は、「私たちは小さな花を通じて、季節のうちに、自然のうちに、全体のうちに復帰しうるのを喜んでいるのである」（同右書）と述べている。ここで「自然」は、人間がその一部である身体である。福田は、D・H・ロレンスを論じながら言う。

ロレンスにいわせますと、人間は、そして個人は、それ自身一箇として完全なものであると同時に、生命力という全体の一部分にすぎないのです。とすれば、手や足が人体という生命力からその動力を供給されているように、生命の根源につながらなければならぬ。手や足がそれぞれ自己の独立性を主張するのは間違いだというのです。（「ロレンス　Ⅲ」）

人間が自然の一部であるということは、人間の身体が自然という身体のうちから、その身体の延長として生まれてくるということに他ならない。自我意識の自然への溶解は、このような自然の母胎からの人間の誕生という根源的な事実への回帰なのである。この意味で自己意識の対自然関係への開けは、私たち人間の身体がその源である自然の身体へと文字通り身を委ねることである。ここでは意識は、人間と自然との身体同士の接触によって無限に退いていく。ここで自然の身体は、人間の身体を支配しているのではない。より広大な自然の身体が人間の身体を包み込んでいくことで、人間の身体は自然の身体のなかで、一体感を体験するのである。言い換えれば自己意識の対自然関係への開けは、人間の身体の自然の身体への開けとなる。この開けのなかで、両者の一体感が高揚していけば、二つの身体は相互に支配—被支配の関係を脱却して平等となる。

このような平等性は、生活形態のなかにも見られるものである。たとえばアイヌの「熊祭り」の熊は、山の神つまり自然が熊の姿を採って人間の国にやってきたものと考えられている。熊の狩猟は自然による人間への贈与であり、人間は「熊祭り」という儀礼を通して、自然に対して返礼を行う。つまり自然と人間とは互酬的関係にあり、この関係を基礎づけているのが熊と人間、自然と人間との平等原理である。このようにアイヌの生活文化を見てくれば、人間の身体の自然の身体への開けは、古代の未明の食文化だけではなく、現在の自然と人間との物質代謝過程の深層にも息づいているはずである。自然の一部である人間は、自然を改作し、そうして自然は人間を育んでいく。福田の自然観は、このような点にもわたしたちに気づかせてくれる。

興味深いのは福田が、人間が自然を改作するときの技術について言及していることである。彼は、「自然そのものが失われてしまっているのです。なぜなら、自然科学が自然を解体し、それを原因と結果との必然的関係という抽象体に置き換えてしまったからです」(「文学以前」)と述べる。あるいは、「自然は(中略)、われわれを生み、われわれを慰め、われわれを依りかからしめる有機的母胎ではなくなってしまった」(「指定席の自由」)とも言う。近現代の「自然科学」による自然の観察、分析、認識は、よく指摘されているように自然を認識の対象として人間から分離することで客体とし、同時に人間を客体としての自然を対象化する主体とした。自然と人間とは、自然の客体化、人間の主体化によって、支配する人間と支配される自然として分離したのである。ここで技術は、人間が自然を支配するための手段、道具として自然から独立した、自然とは異質な一個の自律したメカニズムとなり、自然と人間との双方に対して君臨するようになる。近代科学技術の進展は、一つの機構となった技術が、その自律性、言い換えれば専門性をますます高度化していった過程である。自然をコントロールしようとする人間の共同の自我意識は、人間からの技術の自律性、その急速化する回転速度によって、むしろ技術から疎外されている。自然と人間とを媒介する技術そのものが、かえって人間を道具化していったとも言える。こうして近現代の科学技術は、自然の身体のみならず、その一部である人間の身体をも毀損しつつ双方の分離を完成したのである。

このような「自然科学」の進展に対置して、福田は次のように述べる。

> 目的（人間の目的のこと—引用者注）が人間の側にあるとすれば、それは（中略）具体的な個人個人の中に宿るのであって、その結果、それぞれの個人が社会に対して自分の目的に奉仕し、それに役立つ様になる事を期待するでしょう。そして、その混乱を整理し、抑制する価値観を吾々は持っていない。アリストテレスはそれを自然の意思のうちに見出し、それに合致する様に社会生活を整えるのが政治や道徳の技術であると考えました。勿論、その場合にも、「技術は自然を模倣する」のであります。（「文学以前」）

福田は「それぞれの個人」のなかに、自己の目的の実現だけに邁進する自我意識を見ている。そしてその自我意識は、それぞれがバラバラであって、有機的なつながりに欠けている。福田のこの批判は、人間の生きる世界において科学技術が自然と人間との分離と対立を先鋭化し、技術と自然と人間との相互の全体的な調和を切り崩していったと訴えている。つまり彼は、科学技術の高度化において、対自然関係における人間の共同の自我意識の肥大化を読み取っているのである。私たちはこのような福田の批判のなかで、二〇一一年三月一一日の東日本大震災と続く原発震災を想起せざるを得ない。そこで問われたのは、近現代の科学技術の進展に特有な、機械的で歯止めのきかない無限運動のあり方であった。大地震と津波と原発建屋の爆発は、このような技術の自律性の歪みを、衝動的な形で私たちの前に突きつけたのである。そうであれば私たちは、人間の生を育む生産的な営みの基礎に、ふたたび自然と人間との関係を問い直していかなければならない。

たしかに人間は、自然から効率的に富を取り出してくるために、自然の生態系に手を加えてきた。けれども近代にいたる前までは、この自然の改作は、自然の生態系のメカニズムに則った方法で行われてきたのである。近代以前にあっては、人間はその力では制御することのできない自然の脅威を畏怖しており、自然の改作とそのための技術は、自然の生態系の循環から直接に学んできた。それは生活を営む経験知として、蓄積されてきた。福田は生態系の循環を「型」として捉え、「生命が周期をもった型であるという概念を、私たちは、ほかならぬ自然から学び知ったのだ。自然の生成に必然の型があればこそ、私たちはそれにくりかえし慣れ、習熟することができる」（『人間・この劇的なるもの』）と述べている。自然の生態系の循環に「型」があることは、もちろん現代にあっても変わらない。「型」とは、身近に感じるところでは、一年の季節の移り変わりであり、その節目であり、それに適応する人間の生活様式の変化のパターンである。私たち人間が、そのような「型」の流れをたとえ乱してきたとしても、生態系の循環は深層において連綿と続いている。

そうであれば私たちは、自然と人間と技術との関係において、福田の言う「型」を掘り起こしていかなければならない。それは人間が自然の一部として、自然のなかで今も育まれているという原初の事実が存在するからである。福田が「技術は自然を模倣する」（「文学以前」）と言うとき、それは人間がたんに自然の脅威に屈服していることを意味しない。それは人間が自然の循環過程、つまり生態系のメカニズムに根源的に規定されながら、人間が自然の循環過程を「型」として再構成していく過程である。言い換えれば近代的な技術を、自然の循環過程に則って改変していかなければならない。この点で人間の身体は、母体である自然の身体へとふたたび埋め込まれていく。未来に望まれる技術は、自然と人間との身体を有機的につなぐことができなければならない。

私たちはすでに自己意識の対自然関係への開けが、人間の身体の自然の身体への開けとなることを見てきた。ここで技術は、自然の身体の循環に回帰してこれにしたがうことで、自我意識を身体へと溶解させ、さらには人間の身体を自然の身体の一部として覚知することへと促す。このような過程においては、私の身体とともに他者もまた自然の身体のなかで、一個の身体として現われてくるのである。なぜなら他者の身体も私の身体と同じく、自然の身体の一部だからである。私の身体は自然の身体の一部として、同じく自然の身体の一部である他者の身体と触れ合う。この意味では自然と人間との有機的な関係が、人間と人間との有機的な関係を規定し、これを生み出していくのである。それゆえに福田は、「人と人との附合いの根幹をなし、それを教育し維持してゆくものこそ、自然であり、自然との附合いなのである」(「自然の教育」)と述べたのである。福田の近代科学技術批判は、自然の身体を母胎とした他者とのつながりを遠望するものであり、その技術論は、人と人とのつながりの倫理性にまで射程が及んでいると思われる。

第七節　信仰

この節では最後に、福田恆存の信仰についての考え方に簡単に触れておきたい。福田は人が信仰への途を考え始めるきっかけを、「人間というものは苦労のない時、うまくいっている時にはさほど思わないけれども、失意に陥った時、又は死を前にした時などには、やはり人間を超えたものを考えざるを得なくなる」（『人間の生き方、ものの考え方　学生たちへの特別講義』）と述べている。自己意識の外部からやってくるさまざまな出来事によってであれ、あるいは自らの意志によってであれ、人はその非合理さに憤り、あるいは強い後悔の念に襲われるときがある。それがこの現実の世で生きることであると、誰しもが認める。福田が考える「人間を超えたもの」への指向は、人がこの世と自己の生の不如意に対して多少とも意識的になれば、ごく普通に考えられる心性である。もし神が不在であれば、宇宙の誕生と消滅も、人間の生と死も、すべてはたんなる物質の化学的物理的な反応に過ぎなくなる。存在するのは、ただ自然の法則だけである。自然の法則が貫徹していくなかで、人間が水の流れに翻弄される浮き草のように無力な存在であるなら、人はその虚無に耐えることができない。原初の宗教の発生における自己意識が、このような人間の対自然関係のあり方と感覚にあったことはたしかである。

前節で人間は自然の一部である、つまり私の身体は自然の身体の一部であることを見た。けれども言うまでもなく、私は身体であると同時に意識である。そしてその意識は、「人間を超えたもの」を指向する。言い換えれば私は意識でもあるがゆえに、自然の身体と人間の身体との向う側にある彼岸へと飛び超えることができるのである。この意味で、自己意識は存在の規定から自由である。意識は存在からも、存在へも自由に飛び跳ねる。それゆえに一方で自己意識は、「人間を超えたもの」への指向を否定することもできる。つまり、「超自然の神としての絶対者は、人間にたいして地上の絶対者ほどに忠実を強いない。私たちはそれを裏切る自由を保有しているのです」(「絶対者の役割」)と福田は述べる。

ここで問題にしたいのは、いったんは信仰の途に入った者であれ、そこまでは行かなかった者であれ、神に対して不信を抱く者の心性をどのように捉えていけばよいのかということである。たとえば仮に私たちが信仰や神の問題にまったく無関心な者であっても、私たちは他者の苦しみに対して想像力を働かせ、ときとして手を差し伸べようとする。つまり聖書の言葉など知らなくても、私たちは聖書の言葉を実践するのである。あるいは神に対する不信のなかで、私たちはまた他者を愛することもできるのである。このような自己意識の自由な実践は、「絶対」である神の世界を無意識のうちにも「相対」であるこの現実の世に具現していくことを意味する。こうした人間の行為は、俗世を超えた彼岸に聖の存在を探し求めることではない。俗そのもののなかで、聖を築き上げていくことである。私たちはたしかに自我意識に縛られており、この意識から逃れることはできない。そうであれば私たちは、自我意識の相対性の只中で、聖である絶対性を見い出していく他はない。そこで自己意識の対他者意識への開けは、信仰においていて自我意識をふたたび受け容れていくことになる。なぜなら繰り返しになるが、意識としての私の存在は対他者意識への開けを指向すると同時に、その裏に自我意識を張りつけているからである。

私たちは聖を指向しつつも、俗であり続ける。信仰者であるならば、これを原罪と呼ぶこともできよう。そして自我意識から逃れられないことが原罪であるなら、こうした原罪であるからこそ、自己意識の対他者意識への開けはそのままの他者の受け容れとなり、また同時に私による私のそのままの受け容れとなる。我欲は、人間の本質的な部分である。イエスがこの地上に身体をもって生れてきたことの意味は、我欲の俗性のなかにこそ、聖性への扉があると私たちに伝えるためであったとも思われる。

信仰をめぐって、筆者による自我意識のこのような捉え方は、福田の見解に沿うものではないかも知れない。というのも彼は、「自我は自分と他人という相対的平面のほかに、その両者を含めて、自他を超えた絶対の世界とかかわりをもっているのである」(『人間・この劇的なるもの』)と語るからである。ここでは「相対的平面」を超えたその彼岸に、「絶対の世界」が自存的実体的に捉えられている。けれどもこの世の現実に生きる私たちの身体と意識が相対的で有限であるからこそ、私たちははじめて絶対的で無限な神を想うことができるのである。自己意識の対他者意識への開けが無限を指向することは、つまり無限を信じるということは、私たちの存在が有限そのものであること以外のなにものをも意味しないのである。言い換えれば私たちが有限であると悟れば悟るほど、無限なる絶対者は遠ざかっていく。ここで自我意識の解体と自己意識の対他者意識への開けは、まさに私と他者とを含めた人間の生き様に直面せざるを得ない。イエスもまた、人の生きる哀しみをそこに見届けたに相違ないと筆者は考える。そのようなイエスは、天国へと人を導く救い主というより、むしろ人間の生につき随う者であろう。

神と彼岸の存在を、誰も確証することなどできない。私たちにできるのは、思考を停止し、それらの存在をただ信じ、それらに想いをはせることだけである。そしてこのような絶対者や無限への想いや憧憬は、人間の心性のなかで決して消滅してしまうことがないのである。福田は「人間というものを信じていなければならない。というのは、最後には神を信じることです」(『私の幸福論』)と述べたが、信仰の途へと歩み入ることも、自己意識の一つのゆくえである。それは無限の愛である神が、自己意識の内部に存在していることを信じた、その対他者意識への開けであろう。

あとがき

批評するとは、どのようなことであろうか。筆者が批評の意義について考えはじめたのは、比較的最近のことである。それは、論じる対象を今までの国家、政治、歴史の問題といった大情況から、思想家論、作家論、宗教、そして私と他者をめぐる問題群へと転じていった頃である。自分の指向のなかで、なぜこのような転換が生じてきたのか。もちろんその必然は、書いている本人が一番よくわかっているつもりである。意識のうえへ登ってきたのは、現在の国家や政治の情況が繰り出してくるさまざまな課題を考え、論述していくなかで、その一連の言説が妙に意識から遊離してゆき、記す言葉が手に触れる根拠をもたないような感覚を覚えたことである。この感覚は社会科学的な言説が固有に帯びる、ある乾いた抽象性から来るものとも思われた。

そのようなとき、思念と表現する言葉ができ得るかぎり同致していくような機制を、どこに求めていくべきなのかを自然と考えるようになった。言い換えれば自己意識と言葉が、どうにかして切り結んでいけるような指向へと強く魅かれるようになったのである。そうであれば批評とは、まず論じる対象の選択が論じる側の生の遍歴に規制されてくるはずである。さらには論じる対象の起伏は、批評する者の自己意識の流れに沿いつつも、その意識は、対象に包み込まれていくような諧調を現してこなければならない。そのようにしてはじめて、批評は、論理が強いる思念と言葉の乖離を縮減していくものと思われた。批評の言葉の底流に、意識の躍動を求めていったとも言える。詩という表現が、その自由のもっとも極限の表出形態であることは言うまでもない。

筆者が小林秀雄と福田恆存に対面するなかで読み取っていったのは、このような二人の自己意識と批評対象との関係である。そしてこの作業はまた、筆者自身の自己意識と小林、福田の作品群との関係を意識化していく作業ともなっていった。批評家を批評するとは、この二重の思考過程を積み重ねていくことではないだろうか。そこで筆者は、知らぬ間に小林と福田の諸作品のうちに、自分の自己意識のゆくえを辿っていったように思われる。このような感慨は、若い頃から社会科学的な論文を書く訓練を経てきた筆者にとって、批評するということに固有な、ある自由の高原の地平を切り開いていくものであった。ただやはり批評が出立していく極点は、自己意識が環界から揺さぶられながら、それゆえにこそ内部のもう一つの自己意識に対面していく機制にある。その対面のなかで、意識は思念を表現へと昇華する自由を獲取していくのである。小林秀雄と福田恆存は、批評することのなかに、こうした自由の触覚に十分に自覚的であった。このいわば身体的な感覚に、彼らの近代批判の要諦も存在していた。

前著、前々著に引き続き、本書の刊行も千書房の志子田悦郎氏のご厚意に依るものである。拙著に対する志子田氏の「読み」は、自著に込めた筆者自身の企図をはからずも深め、広げていくものであり、氏の的を射た「読み」が、いつも筆者の背中をそっと支えてくれている。深く感謝したい。明知舎の岡部雅代氏、プライム・オリジンズの宮﨑雄一氏には、拙著だけではなく、筆者の関係する他の雑誌の制作についてもご尽力をいただき、人の輪のつながりの不思議さと有り難さを痛感している。表紙は、このたびも畏友、佐藤克裕君の手に成るものである。佐藤君のさらなるご活躍を祈念したい。

二〇二二年八月

伊藤　述史

『生と批評の宿命―小林秀雄と福田恆存』初出一覧

第一章　小林秀雄論―批評思想の核心

第一節　観念とイデオロギーへの上昇

第二節　「意匠」批判の展開　『流砂』二〇二二年二一号

（原題　小林秀雄の批評思想　一　観念とイデオロギーへの上昇　二　「意匠」批判の展開）

第一章　小林秀雄論―批評思想の核心　第三節から第一四節まで　及び　第二章　福田恆存論―自己意識のゆくえ　は書き下ろし。

伊藤 述史（いとう・のぶふみ）

1953年、愛媛県生まれ。

慶應義塾大学大学院卒業。

現在、社会理論学会会長、『社会理論研究』編集長。

著　書

『国家と近代化』（共著、芦書房、1998年）
『民主化と軍部　タイとフィリピン』（慶應義塾大学出版会、1999年）
『青年マルクスを読む――政治経済学批判への道』（実践社、2000年）
『東南アジアの民主化』（近代文芸社、2002年）
『現代政治学の課題――日本法政学会五十周年記念』（共著、成文堂、2006年）
『市民社会とグローバリゼーション――国家論へむけて』（御茶の水書房、2006年）
『現代日本の保守主義批判――歴史・国家・憲法』（御茶の水書房、2008年）
『危機からの脱出　変革への提言』（共著、御茶の水書房、2010年）
『3.11から一年　近現代を問い直す言説の構築に向けて』（共編著、御茶の水書房、2012年）
『歴史と思想――時代の深層から』（千書房、2020年）
『生きるつながりの探求――他者・信仰・文学』（千書房、2021年）

生と批評の宿命――小林秀雄と福田恆存

2022年 8 月31日

著　者　　伊藤　述史
装　丁　　佐藤　克裕
発行者　　志子田　悦郎
発行所　　**株式会社千書房**
神奈川県横浜市港北区菊名５－１－４３－３０１号
TEL　０４５－４３０－４５３０
FAX　０４５－４３０－４５３３
振替００１９０－８－６４６２８

ISBN 978-4-7873-0061-4 C3030